GOTTFRIED BENN
SÄMTLICHE WERKE

STUTTGARTER AUSGABE
IN VERBINDUNG MIT ILSE BENN
HERAUSGEGEBEN
VON GERHARD SCHUSTER

KLETT-COTTA

GOTTFRIED BENN
SÄMTLICHE WERKE

BAND II
GEDICHTE 2

KLETT-COTTA

ZU LEBZEITEN
VERÖFFENTLICHTE GEDICHTE
DIE NICHT IN DIE SAMMLUNG
VON 1956 AUFGENOMMEN WURDEN
GEDICHTE AUS DEM NACHLASS
POETISCHE FRAGMENTE
1901–1956

ZU LEBZEITEN VERÖFFENTLICHTE GEDICHTE, DIE NICHT IN DIE SAMMLUNG VON 1956 AUFGENOMMEN WURDEN

RAUHREIF

Etwas aus den nebelsatten
Lüften löste sich und wuchs
Über Nacht als weißer Schatten
Eng um Tanne, Baum und Buchs.

Und erglänzte wie das Weiche
Weiße, das aus Wolken fällt,
Und erlöste stumm in bleiche
Schönheit eine dunkle Welt.

GEFILDE DER UNSELIGEN

Satt bin ich meiner Inselsucht,
Des toten Grüns, der stummen Herden;
Ich will ein Ufer, eine Bucht,
Ein Hafen schöner Schiffe werden.

Mein Strand will sich von Lebendem
Mit warmem Fuß begangen fühlen;
Die Quelle murrt in gebendem
Gelüste und will Kehlen kühlen.

Und alles will in fremdes Blut
Aufsteigen und ertrunken treiben
In eines andern Lebensglut,
Und nichts will in sich selber bleiben.

HERBST

Todstumme Felder an mein Dorf gelehnt.
Vereinzelt trösten Wegwart und Skabiose.
Indes am Zaune sich zur Erde dehnt
blütenverwaist, rankenden Zweigs die Rose.

Nirgend mehr Purpur oder junge Glut.
Nur in der Georginen Sehnsuchtsaugen
brennt noch des Sommers wundervolles Blut.
Bald wird auch dies die Erde in sich saugen. –

BLINDDARM

Alles steht weiß und schnittbereit.
Die Messer dampfen. Der Bauch ist gepinselt.
Unter weißen Tüchern etwas, das winselt.

»Herr Geheimrat, es wäre soweit.«

Der erste Schnitt. Als schnitte man Brot.
»Klemmen her!« Es spritzt was rot.
Tiefer. Die Muskeln: feucht, funkelnd, frisch.
Steht ein Strauß Rosen auf dem Tisch?

Ist das Eiter, was da spritzt?
Ist der Darm etwa angeritzt?
»Doktor, wenn Sie im Lichte stehn,
kann kein Deibel das Bauchfell sehn.
Narkose, ich kann nicht operieren,
der Mann geht mit seinem Bauch spazieren.«

Stille, dumpf feucht. Durch die Leere
klirrt eine zu Boden geworfene Schere.
Und die Schwester mit Engelssinn
hält sterile Tupfer hin.

»Ich kann nichts finden in dem Dreck!«
»Blut wird schwarz. Maske weg!«
»Aber – Herr des Himmels – Bester,
halten Sie bloß die Haken fester!«

Alles verwachsen. Endlich: erwischt!
»Glüheisen, Schwester!« Es zischt.

Du hattest noch einmal Glück, mein Sohn.
Das Ding stand kurz vor der Perforation.
»Sehn Sie den kleinen grünen Fleck? –
Drei Stunden, dann war der Bauch voll Dreck.«

Bauch zu. Haut zu. »Heftpflaster her!
Guten Morgen, die Herrn.«
Der Saal wird leer.
Wütend klappert und knirscht mit den Backen
der Tod und schleicht in die Krebsbaracken.

MANN

(Strand am Meer)

Mann:

Nun aber ist dies alles festgefügt,
Geschlossen wie ein Stein und unentrinnbar:
Du und ich.
Es stösst mich nieder und ich schlage
Mich an mir selber wund,
Wenn ich an dich nur denke.
Denn du bist ein Halbdurchflossenes,
Vom Tier getränkt, und wie im Fell der Tiere,
Und doch gelöst in allen deinen Gliedern,
Voll Spiel der Träume und erlöster
Als je ich Mann.
Es gäbe Eines nur, dies zu vergelten,
Das Frieden brächte. Dass ich jetzt dich frage:
Liebst du mich?

Frau:

Ja, ich will an dir vergehn.
Greif meine Haare, küsse meine Knie.
Du sollst die braune Hand des Gärtners sein
Im Herbst, die all die warmen Früchte fühlt.

Mann:

Wenn ich im Spiel an deine Glieder fasste
Oder beim Rudern, warst du noch viel ferner
Und viel entrückter. Ja, du warst es gar nicht,
An dessen Fleisch ich fasste. Es ist anders.

Frau:

Dann will ich vor dir tanzen. Jedes Glied
Soll eine Halle sein aus lauem Rot,
Die dich erwartet.
So hebe ich die Schenkel aus dem Sand
Und so die Brust. Kleid, fort von meinen Hüften.

(tanzt)

Mann:

... Du Seele, Seele tief dich niederbeugend
Über die Opferungen meines Bluts –
Du leise Hand, du Flieder, stiller Garten
Meinem verstossnen Blut, so sang mein Traum –

Frau (tanzend):

... Die Beete bluten wie aus breiten Wunden
Ihr Scharlach um mein Knie. Es röchelt
Vom Meer um meine Hüften. In die Wolken
Stäubt mein Gelock –

Mann:

Nun biegt der Sturm die Büsche auseinander,
Wo all die Nester drin für Schlaf und Brut –

Frau:

– In langen Lauten singt das Licht
An mir entlang. O Sonne,
Du Rosenmutter – komm, du, wir wollen nieder
Auf diesen warm vom Meer besamten Strand

(sinkt hin).

Mann:

Was soll behaarte Brust, behaarte Schenkel
Auf Haut voll Schweiss und Talg, blutflüssigem Schoss?
Was hat das denn mit dir und mir zu tun?
Was liegst du nun im Sand, du weisses Fleisch,
Was rinnst du nicht und sickerst in das Meer?
Was kommen keine Vögel über dich
Wie über anderes Fleisch?
Halt deine Falten still!
Heimkehr! Nun grüss ich euch, zerfressene Steine,
Und dich, mein Blut, von Leichen aller Meere
Beworfen, du zerklüftet
Gelände ohne Frucht, das taumelnd
Am Rand der Erde steht.

KASINO

Menge war schon auf Kriegsschule ein Idiot.
Jetzt hat er eine Brigade in Päde-Rastenburg.
Päde-Rastenburg!!! Ha, ha, ha. –

Morgens Kaffee im Bett ist wunderschön. Gräßlich.
Wunderschön.
Ganz geteilte Auffassungen. –

»Sie, Junker, fahren Sie mich hottehüh.
Ich sitze so schön in meinem Sessel
Und möchte mal gern auf die Retirade –«
Gesprächsabbrüche. Stille vorm Sturm:
Mensch, Arnim, Sie sind ganz unerschöpflich! –

Sind Sie schon mal dritter Klasse gefahren?
Ne, Sie? Muß mächtig intressant sein.
So ganz kleene Bänke sollen da drin stehn. –

Eine Kugel muß man sich im Kriege immer
noch aufsparen:
Fürn Stabsarzt, wenn er einen verpflastern will.
Na Prost, Onkel Doktor! –

Vorläufig bin ich ja noch zu rüstig.
Aber wenn ich mich mal auf Abbruch verheirate:
Brüste muß sie jedenfalls haben,
Daß man Wanzen drauf knacken kann! –

Kinder! Heut nacht! Ein Blutweib! Sagt:
Arm kann er sein und dumm kann er sein;
Aber jung und frisch gebadet.

Darauf ich: janz Ihrer Meinung, Gnädigste,
Lieber etwas weniger Moral
Und etwas äußere Oberschenkel.
Auf dieser Basis fanden wir uns.

Was für Figuren habt Ihr denn auf dieser Basis
aufgebaut??

Lachen einigt alles. –

MORGUE II

(An Adolf Petrenz)

I.

Plötzlich schreit eine Leiche in mittlerem Ernährungszustand:
Kinder, lasst Euch das nicht gefallen!
Mit uns wird Schindluder getrieben.
Wer hat mir zum Beispiel das Gehirn in die Brusthöhle geworfen?
Soll ich damit atmen?
Soll da vielleicht der kleine Kreislauf durchgehn?
Alles was recht ist!
Das geht zu weit! –

II.

Na, und ich?
Wie bin ich hergekommen?
Wie aus dem Ei gepellt!
Und jetzt??
Waschen Sie mir gefälligst den Kot aus der Achselhöhle, Sie!!
Und das rechte Herzohr brauchte auch nicht grade
aus meinem After rauszusehn!
Das sieht ja wie Hämorrhoiden aus. –

III.

Eine Leiche singt:

Bald gehn durch mich die Felder und Gewürme.
Des Landes Lippe nagt: die Wand reisst ein.
Das Fleisch verfliesst. Und in die dunklen Türme
der Glieder jauchzt die ewige Erde ein.

Erlöst aus meinem tränenüberströmten
Gitter. Erlöst aus Hunger und aus Schwert.
Und wie die Möven winters auf die süssen
Gewässer flüchten: also: heimgekehrt. –

IV.

Merkwürdig – murmelt ein noch nicht wieder
zugenähter Mann –
Wenn man so mit der Hand an sich runterfährt:
Wo hört die Brust auf?
Wo fängt der Bauch an?
Wo sass die Kotfistel, fragt man sich?

Völlig verändertes System.
Der Nabel über Bord geworfen.
Vereinfachter Mechanismus.
Rückkehr zur Natur scheint die Devise. –

V.

Ein Selbstmörder:

Kläfft nicht, ihr Laffen! Pack. Pöbel.
Männer, behaart und brünstig, Frauentiere, feige
und heimtückisch,
Aus eurem Kot-leben fortgeschlagen,
Umgreint von Menschenvieh.

Ich bin aufgestiegen wie ein junger Adler.
So stand ich: nackt, vom kalten Sternenlicht
Umbrandet Stirn und Blut. –

CAFÉ DES WESTENS

Ein Mann tritt mit einem Mädchen in Verhandlung:
Deine Stimme, Augenausdruck, Ohrläppchen
Sind mir ganz piepe.
Ich will dir in die Schultern stoßen.
Ich will mich über dir ausbreiten.
Ich will ein ausgeschlenkertes Meer sein, du Affe! –

DIRNEN

Eine entkleidet ihre Hände.
Die sind weich, weiß, groß,
Wie aus Fleisch von einem Schoß. –

Ein Mund feucht und ausgefahren
Voll übelriechenden Lachens. –

Eine antwortet einem Mann:
Deine Eltern haben zwar sicher versehentlich
Deine Nachgeburt großgezogen,
Aber du hast einen englischen Anzug an.
Komm man mit.
Aber natürlich ein großes Goldstück. –

Einer sang:
Ich liebe eine Hure, sie heisst To.
Sie ist das Bräunlichste. Ja, wie aus Kähnen
Den Sommer lang. Ihr Gang sticht durch mein Blut.
Sie ist ein Abgrund wilder, dunkler Blumen.
Kein Engel ist so rein. Mit Mutteraugen.
Ich liebe eine Hure. Sie heisst To. –

Don Juan gesellte sich zu uns:
Frühling: Samen, Schwangerschaft und Durcheinandertreiben.
Feuchtigkeiten ein lauter Rausch.
Ein Kind! O ja, ein Kind!
Aber woher nehmen und nicht – sich schämen.
Mir träumte einmal, eine junge Birke
schenkte mir einen Sohn. –
Oh, welch ein Abend! Ein Veilchenlied des Himmels
den jungen Rosenschößen hingesungen.
Oh, durch die Nächte schluchzt bis an die Sterne
mein Männerblut. –

Vor einem Kornfeld sagte einer:
Die Treue und Märchenhaftigkeit der Kornblumen
ist ein hübsches Malmotiv für Damen.
Da lobe ich mir den tiefen Alt des Mohns.
Da denkt man an Blutfladen und Menstruation.
An Not, Röcheln, Hungern und Verrecken –
kurz: an des Mannes dunklen Weg.

DROHUNGEN

Aber wisse:
Ich lebe Tiertage. Ich bin eine Wasserstunde.
Des Abends schläfert mein Lid wie Wald und Himmel.
Meine Liebe weiß nur wenig Worte:

Es ist so schön an deinem Blut. –

Mein königlicher Becher!
Meine schweifende Hyäne!
Komm in meine Höhle. Wir wollen helle Haut sein.
Bis der Zedernschatten über die kleine Eidechse lief:
Du – Glück –

Ich bin Affen-Adam. Rosen blühn in mein Haar.
Meine Vorderflossen sind schon lang und haarig.
Baumast-lüstern. An den starken Daumen
Kann man tagelang herunterhängen. –

Ich treibe Tierliebe.
In der ersten Nacht ist alles entschieden.
Man faßt mit den Zähnen, wonach man sich sehnt.
Hyänen, Tiger, Geier sind mein Wappen. –

Nun fährst du über Wasser. Selbst so segelhaft.
Blondhäutig. Kühles Spiel.
Doch bitterrot, das Blut darin ist tot,
Ein Spalt voll Schreie ist dein Mund.
Du, daß wir nicht an einem Ufer landen!
Du machst mir Liebe: blutigelhaft:
Ich will von dir. –

Du bist Ruth. Du hast Aehren an deinem Hut.
Dein Nacken ist braun von Makkabäerblut.
Deine Stirn ist fliehend: Du sahst so lange
Ueber die Mandeln nach Boas aus.
Du trägst sie wie ein Meer, daß nichts Vergossenes
Im Spiel die Erde netzt.

Nun rüste einen Blick durch deine Lider:

Sieh: Abgrund über tausend Sternen naht.
Sieh: Schlund, in den du es ergießen sollst.
Sieh: Ich. –

RÄUBER-SCHILLER

Ich bringe Pest. Ich bin Gestank.
Vom Rand der Erde komm ich her.
Mir läuft manchmal im Maule was zusammen,
wenn ich das speie, zischten noch die Sterne
und hier ersöffe das ganze feige
Pietzengeschlabber und Abelblut.

Weil meine Mutter weint? Weil meinem Vater
das Haar vergreist? Ich schreie:
Ihr grauer Schlaf! Ihr ausgeborenen Schluchten!
Bald sä'n euch ein paar Handvoll Erde zu.
Mir aber rauscht die Stirn wie Wolkenflug.

Das bißchen Seuche
aus Hurenschleim in mein Blut gesickert?
Ein Bröckel Tod stinkt immer aus der Ecke –
pfeif darauf! Wisch ihm eins! Pah!

DAS AFFENLIED

Ihr Spiel Gottes! Himmel sind die Schatten
Der großen Wälder um euer Fell.
Schlaf, Fraß und Liebe reift still auf eurem
Blut-Sommerland. Ihr seligen Mäher! –

Ein schmerzlicher Auswuchs,
Von irgend einer Seuche aufgetrieben
Aus euerm kleinen, runden, furchenlosen
Leib-Gehirnchen, ist unsere Seele.

Du liebes Blut! Von meinem kaum getrennt!
Tauschbar. Durchrausche mich noch einen Tag!
Sieh: Stunden, frühere, ausgelebte,
Da wir noch reif am Ufer hockten:
Da ist das Meer und da die Erde –
Seht diese ausgelebten Stunden,
O diese Landungen aller Sehnsucht
Lagern um euch!

MADONNA

Gib mich noch nicht zurück!
Ich bin so hin gesunken
an dich. Und bin so trunken
von dir. O Glück!

Die Welt ist tot. Der Himmel singt
hingestreckt an die Ströme der Sterne
hell und reif. Alles klingt
in mein Herz.

Tieferlöst und schön geworden
singt das Raubpack meines Blutes
Hallelujah!

Ein Trupp hergelaufener Söhne schrie:

Bewacht, gefesselt des Kindes Glieder schon
durch Liebe, die nur Furcht war;
waffenunkundig gemacht,
uns zu befreien,
sind wir Hasser geworden,
erlösungslos.

Als wir blutfeucht zur Welt kamen,
waren wir mehr als jetzt.
Jetzt haben Sorgen und Gebete
beschnitten uns und klein gemacht.

Wir leben klein.
Wir wollen klein.
Und unser Fühlen frißt wie zahmes Vieh
dem Willen aus der Hand.

Aber zu Zeiten klaftern Wünsche,
in unserem frühesten Blut erstarkt,
ihre Flügel adlerhaft,
als wollten sie einen Flug wagen
aus der Erde Schatten.
Doch die Mutter der Sorgen und Gebete,
die Erde, euch verbündet,
läßt sie nicht von ihrem alten faltigen Leib.

Aber ich will mein eigenes Blut.
Ich dulde keine Götter neben mir.
Heißt: Sohn sein: sich höhnen lassen von seinem Blut:
Feiger Herr, feiger Herr!
Purpurgeschleiert steht meine Schönheit
Tag und Nacht für dich.
Was zitterst du?

Ich übte mir flinke Sehnen an
für deine Wünsche,
o gib sie mir!
Laß mich tanzen!
Fege meinen Saal.
Gelbe speichelnde Gerippe
weißhaarigen, griesgrämigen Bluts
drohen mir.
Ich aber will tanzen
durch dich
schleierlos
dein Blut.

Ein Mann spricht:

Hier ist kein Trost. Sieh, wie das Land
auch aus seinen Fiebern erwacht.
Kaum ein paar Dahlien glänzen noch. Es liegt verwüstet
wie nach einer Reiterschlacht.
Ich höre Aufbruch in meinem Blut.
Du, meine Augen trinken schon
sehr die Bläue der fernen Hügel.
An meine Schläfen streift es schon.

HIER IST KEIN TROST

Keiner wird mein Wegrand sein.
Laß deine Blüten nur verblühen.
Mein Weg flutet und geht allein.

Zwei Hände sind eine zu kleine Schale.
Ein Herz ist ein zu kleiner Hügel,
um dran zu ruhn.
Du, ich lebe immer am Strand
und unter dem Blütenfall des Meeres,
Ägypten liegt vor meinem Herzen,
Asien dämmert auf.

Mein einer Arm liegt immer im Feuer.
Mein Blut ist Asche. Ich schluchze immer
vorbei an Brüsten und Gebeinen
den tyrrhenischen Inseln zu:

Dämmert ein Tal mit weißen Pappeln
ein Ilyssos mit Wiesenufern
Eden und Adam und eine Erde
aus Nihilismus und Musik.

SCHNELLZUG

Das Gleitende, das in den Fenstern steht!
Von meinen Schultern blättern die Gefilde,
die Lauben und die zugewachsenen Dörfer;
verschollene Mütter; das ganze Land
ein Grab voll Väter: – nun sind die Söhne groß
und prunken mit der roten Götterstirne,
nackt und im Taumel des entbundenen Bluts. –

Das Schwärende schickt kranke Stimmen hoch:
Wo grenzten wir ans Glück? Wir kleine Forst,
kein Adler und kein Wild! Armseliges
Geblühe färbt sich matt in unsere Flur. –

Aufschreit das Herz: O Haar! Du Dagmar-blond!
Du Nest! Du tröstende erblühte Hand!
Die weiten Felder der Verlassenheit!
Das Rot der Ebereschen hat schon Blut.
O sei bei mir. Es schweigt so aus den Gärten. –

Doch Gleitendes, das in dem Fenster steht:
Von meinen Schultern blättern die Gefilde,
Väter und Hügelgram und Hügelglück –:
Die Söhne wurden groß. Die Söhne gehn
nackt und im Grame des entbundenen Blutes,
die Stirn aufrötet fern ein Abgrund-glück.

BLUMEN

I

Im Zimmer des Pfarrherrn
zwischen Kreuzen und Christussen,
Jerusalemhölzern und Golgathakränzen
rauscht ein Rosenstrauß glückselig über die Ufer:
Wir dürfen ganz in Glück vergehn.
In unserm Blute ist kein Dorn.
Oktobertiere rechts und links:
Wir makellose,
wir letzte
Julibrut. –

FINISH

I

Das Speiglas – den Ausbrüchen
so großer grüner warmer Flüsse
nicht im entferntesten gewachsen –
schlug endlich nieder.
Der Mund fiel hinterher. Hing tief. Sog
schluckweis Erbrochenes zurück. Enttäuschte
jedes Vertrauen. Gab Stein statt Brot
dem atemlosen Blut.

II

Der kleine Klumpen roch wie ein Hühnerstall,
schlug hin und her. Wuchs. Ward still.

Die Enkelin spielte das alte Spiel:
Wenn Großmutter schläft:
Um die Schlüsselbeine war es so eingesunken,
daß sie Bohnen drin versteckte.
In die Kehle paßte sogar ein Ball,
wenn man den Staub rausblies.

III

Es handelte sich für ihn um einen Spucknapf mit
Pflaumenkernen.
Da kroch er hin und biß die Steine auf.
Man warf ihn zurück in sein Kastenbett,
und der Irre starb in seiner Streu.

Gegen Abend kam der Oberwärter
und schnauzte die Wächter an:
Ihr verdammten Faultiere,
warum ist der Kasten noch nicht ausgeräumt?

IV REQUIEM:

Ein Sarg kriegt Arbeit und ein Bett wird leer.
Wenn man bedenkt: ein paar verlorene Stunden
haben nun in die stille Nacht gefunden
und wehen mit den Wolken hin und her.

Wie weiß sie sind! Die Lippen auch. Wie Garben
aus Schnee, ein Saum vom großen Winterland
tröstenden Schnees, erlöst vom Trug der Farben,
Hügel und Tal in einer flachen Hand,

Nähe und Ferne eins und ausgeglichen.
Die Flocken wehn ins Feld, dann noch ein Stück,
dann ist der letzte Funken Welt verblichen.
O kaum zu denken! Dieses ferne Glück!

NACHTCAFÉ

Ein Medaillon des Mittelstandes staunt
Von Fett umträumt das Kinn: da bist du ja.
Dem Manne rutscht das Auge hin und her.

Ein Schnäuzchen schmiert ein Lachen in die Luft:
Ick habe schon gehabt. Ob du noch kommst,
Ick kann mir doch mein Brot mit Schinken kofen.

Besambar sitzt an jedem Tisch mit Federn
am Hut und stellt das Bein, saugt die Hüften
Samenschwers immer heißer in den Schoß.

Ein Lied wölbt eine Kuppel in die Decke
Aus Glas: Die kalte Nacht verwölkt die Sterne.
Der Mond verirrt sein Gold in diesen Gram.

NACHTCAFÉ

II

Die Patentante liest das Universum.
Frau Schlächtermeister sickert übers Sofa,
unten am Arm aus einem Ballen Fett
arbeitet sich der Daumen vor.

Erni plätschert in einer Frau, die er auf dem Eis
gesehen hat.
Sie ist braun, mütterlich und wird ihn küssen.
Ich sitze im Geruche einer Frau.
Der klingt aus Heliotrop und Unterleib zusammen
und scheint mir süß, da diese Frau mir fremd ist.
Ihr Freund arbeitet in der Hosentasche.
Vielleicht handelt es sich um einen ausgetretenen Bruch.

Der Geschäftsführer trägt überall Rechtschaffenheit hin.
Er ist der Pionier der guten Sache.
Seine großen Zehen machen Fluchtversuche
mit den Knöcheln aus den Stiefeln.

Am Nebentisch wird gegurgelt:
Die Weiber: Ein zu blödsinniges Pack!
Ich habe tatsächlich noch keine gesehen,
die gewußt hätte, warum sich eigentlich die Mühlenflügel
drehn,
ich nehme darüber eine Statistik auf.

Erni ist bei der Frau, die er auf dem Eis gesehen hat.
Er weidet ihre Lippen ab.
Die Leiber spielen aufeinander
unerhörte Melodien.

Dabei bohrt er einen jüngeren Herrn an: –
Der stürzt die linke Faust in seine Hüfte,
und aus den Spalten seiner Bekleidung
gebiert er einen Bierzipfel:
Sauve qui peut.

III

Und dennoch hab ich harter Mann,
blöken drei blaugraue Zahnstummel
aus ihrer muffigen Höhle mit.
Und dennoch schlug die Liebe mir,
wölben sich zwei Hurenschnauzen vor.

Matchiche:
Ida paßt ihre Formen der Musik an.
Buchtet sich ein und aus.
Wirft sich aus ganz ebenen Stellen auf:
»Mensch, Ida, du hast woll een Gelenk zu ville.«

Ein Provinziale ertrinkt in einer Minettschnauze:
Nimm mich hin. Ich will versinken.
Laß mich sterben. Gebäre mich.

IV

Es lohnt kaum den Kakau. Dann schiebt man ein
und stürzt: ich bin an Gottes Saum hervor;
liebst du mich auch? Ich war so sehr allein.

Das Weserlied erregt die Sau gemütlich.
Die Lippen weinen mit. Den Strom herunter.
Das süße Tal! Da sitzt sie mit der Laute.

Der Ober rudert mit den Schlummerpünschen.
Er schwimmt sich frei. Fleischlaub und Hurenherbste,
ein welker Streif. Fett furcht sich. Gruben röhren:
das Fleisch ist flüssig; gieß es wie du willst,
um dich;
ein Spalt voll Schreie unser Mund.

V

Er gibt in weichem Ton von der Verwandtschaft,
von Städten, wo er war – das reicht fürs Knie.
Quer stößt den Stummelstrauß der Gaumen vor.

Der Bürgerpfuhl tritt auf die Bänke aus:
Pack, Pickel, Ehe, Bärte und Medaillen:
viele vier Liter Blut, von denen dreie
am Darm sich mästen; und der vierte
strotzt am Geschlecht.

Die Hure To entkleidet eine Hand:
weich, wie aus Fleisch vom Schoße, angelehnt,
wo sich die Lust befühlt.

MARIE

Du Vollweib!
Deine Maße sind normal,
jedes Kind kann durch dein Becken.
*Breit*hingelagert
empfähest du bis in die Stirn
und gehst. –

PASTORENSOHN

Abrechnung mit dem Elternhaus

Von Senkern aus dem Patronat,
aus Grafenblasen, Diadochen
beschiffte Windeln um die Knochen
beflaggte noch vom Darmsalat.

= Vater

Der Alte pumpt die Dörfer rum
und klappert die Kollektenmappe,
verehrtes Konsistorium,
Fruchtwasser, neunte Kaulquappe.

Der Alte ist im Winter grün
wie Mistel und im Sommer Hecken,
lobsingt dem Herrn und preiset ihn
und hat schon wieder Frucht am Stecken.

In Gottes Namen denn, mein Sohn,
ein feste Burg und Stipendiate,
Herr Schneider Kunz vom Kirchenrate
gewährt dir eine Freiportion.

In Gottes Namen denn, habt acht,
bei Mutters Krebs die Dunstverbände
woher –? Befiehl du deine Hände –
zwölf Kinder heulen durch die Nacht.

Der Alte ist im Winter grün
wie Mistel und im Sommer Hecke,
’ne neue Rippe und sie brühn
schon wieder in die Betten Flecke.

Verfluchter alter Abraham,
zwölf schwere Plagen Isaake
haun dir mit einer Nudelhacke
den alten Zeugeschwengel lahm.

Von wegen Land und Lilientum
Brecheisen durch die Gottesflabbe –
verehrtes Konsistorium,
Gut Beil, die neunte Kaulquappe!

DER PSYCHIATER

Meine Innenschläfe ist die Fresse,
die mich anstinkt.
Tisch ist: Auge und Hand: Gesichts- und
Tastempfindung:
erbrechend: ICH. Die Sternblumen
betiert mein Blick, den keuschen Strauß.
Mein Hirn nächtigt mich
einen kurzen Traum;
doch aus dem Morgen
weht Altersodem, unbeholfen
Zerfallsgeruch.

Der Jurist wird durch Paragraphen enthoben
und vergewaltigt selbständig das Außenstehende.
Der Philologe ergießt sich in die Schluchten der Gebirge
und in das Boot des Ferienmeers.
Doch mich bewurzelt das Asterbeet,
und ich kann nicht vergehen: weggeblühtes Land,
Herbst und der Bäume stillgewordenes Blatt – –:
Lymphknoten schwellen auf und ab,
bevatern mir mein Ammonshorn;
vielleicht färbt Phenylhydrazin
mein Wasser himmelblau.

Der Laie greift sich an den Schädel.
Ich fasse an ein Staatsorgan
und den Nachtwächter des Beischlafs: Grünes über
den Unterleib,
süße Saaten, Strauß und Reigen
schleiern die sanften Bregenhänge,
fromm im Auge
den guten Lauf der Welt.

DAS INSTRUMENT

O du Leugnung Berkeleys,
breitbäuchig wälzt der Raum sich dir entgegen!
Gepanzertstes Gehirn zum Zweck des Zweckes,
funkelnd vor Männerfaust, bekämpfter Kurzsichtigkeit
und jener Achselhöhle,
des Morgens nur ganz sachlich ausgewaschen! –

Der Mann im Sprung, sich bäumend vor Begattung,
Straußeier fressend, daß die Schwellung schwillt.
Harnröhrenplätterin, Mutterband nadelnd
ans Bauchfett für die Samen-Winkelriede! – –

O nimm mich in den Jubel deiner Kante:
Der Raum ist Raum! O, in das Blitzen
des Griffes: Fokus, virtuelles Bild,
gesetzlich abgespielt! O, in den Augen
der Spitze funkelt
bieder blutgeboren:
ZIEL.

NOTTURNO

Schlamme den grauenvollen Unterleib,
die fratzenhafte Spalte, die Behaarung,
den Rumpf, das Leibgesicht, das Afternahe,
das sich im Dunkel vorfühlt, über meinen:

Füllt euch bis an die Gurgeln!
Verfilzt das Röhricht!
Beißt euch an die Wurzeln!
Schon ist ein Wehen an den Schläfen,
Entquellungen und Sammlung oberhalb –

Schlachtet und klafft und brütet und verdickt euch:
Aufrauschung will geschehn: Mein Hirn!! Oh! Ich! –

Flutet die Scham in Trümmer durch die Nacht –:
. . . Nun steht es dunkelblau
gewölbt von Stern und Licht. –

Blut-über. Schamstill. Irdisch abgenabelt.
In sich. Der Kreis. Der Einsame. Das Glück.
Halbgöttisch prüft die Hand die kühle
Sterntraube. Schmale helle Luft die Lippe
saugt sich ans Herz gedehnten Zuges. –

Geschlechtszersetzungen. Zerfall
der Artbedienung: Augen aufgetrunken,
Ohren zerrauscht, verwehend Lippe:
Hirnscheitelsonne. Schattenentsteigung:
Ich!? –

Ausgenackt, Hirn-anadyomene . . . ??
Man bläfft die Sterne an,
und von der Schulter schmilzt das Meer,
und die Koralle aus dem Haar
und von dem Knie der Fisch –
aber die rauhe Muschel am Gemächte . . . ??
Flutschändung! Schlammblut!

Und noch nicht schattenlos . . . ? Die kleinen Monde
der blauen Dunkel um den Fuß der Brust?
Und Mittagszeit . . . ? Und Nächtigung
im Mittagsauge . . . ? –

Und leiser Überfall . . . ? Und Uferschatten . . . ?
Zeltgiebel wieder . . . ? Rauchhemmungen
des Lichts . . . ? Ein Aasgestank nach Zunge . . . ?
Wo bist du, Nackter?!!
Schwinge!
Flügelrausche!!
Entfaltung!!!? –

Keine Antwort? Schweigen? Schielen nach der Vorhaut?
Rückzug? Gutes altes Ludentum . . . ?
Zerrinnung? Wahnwort? Vögelhypothese . . . ??

In die Knie, Hund!
Bedunste dich!!
Rumpf, Leibgesicht, Afternahes,
über ihn! –

BALL

Ball. Hurenkreuzzug. Syphilisquadrille.
Eiert die Hirne ab, die Sackluden!
Mit diesen meinen Zähnen: zerrissen, zerbissen
Hundebregen, Männer-, Groß- und Kleinhirne:
selbst ihre Syntax klappert nach der Scheide.

Mich bauern Dorfglücke an: Kausaltriebe,
Ölzweige, stetige Koordinaten –:
Heran zu mir, ihr Heerschar der Verfluchten,
schakalt mir nach den eingegrabenen Samen:
Entlockung! Schleuderhonig! Keimverderb!

Ihr Stallverrecken, Misthaufen-Augenbruch,
verweste Blasen, Veilchenfrau-Verhungern,
ihr brandiges Geblüte – Kanalfischer,
heringsfängert ans Land
die Hodenquallen!

Finale! Huren! Grünspan der Gestirne!
Verkäst die Herrn! Speit Beulen in die Knochen!
Rast, salometert bleiche Täuferstirnen!

DUNKLER SOMMER

O in so tote Himmel aufzublühn –
Es klafft der Kelch die ganze Röte hin
Und schluchzt empor die kleine Schwalbentiefe,
In die die Wolke hängt, und bebt und rinnt –
Und immer nur die Kühle, schon am Schaft,
Am glatten Stengel schon beginnt es, branden
Die Schauer der verstörten Aufgeburt.

Von hellen Lüften bin ich doch gefleckt,
Und bin im Ruf der Flamme; Stürme
Aus meilenweiter Bläue, violetten Zion
Erkenne ich – nun liegt im Korn der Mohn,
Umständlich reif, fast milchig, daß die Zitze
Ihm läuft, und honighaft: und dieses in das Blähn
Von schleifendem Gekröse, Schafsmisthimmel
Tonlosester Zenithe.

Du, es ist Mittag! *Ganz* jung ist vorbei!
Und *ganz* voll Geigen hängt kein Himmel mehr
Und auch kein anderer gewölbter Raum –
Fromme, erglühte Erde treibt die letzten
Gebete, eh der Frevel sich erhebt!

Antworte! Sprich! Du bist von Flöten,
Geliebten Lauten, süßen Balalaiken
Ganz unbeschreiblich überhangen!
Wolltest Du nur! Sieh: Ich,
Und alle Ranke unerwidert!

Oh, gar nicht Echo! Leisen Laut!
Geflüster! Denke auch: Die Aster wächst
Schon auf. Sein wird Gesang und Nüsse
Und Laub und Nebel über dem Planeten!

Ich stürme, Du, ich rase, ich granitne
Mir neue Himmel hin, wenn Du nicht rufst,
Blut stürzend in die fladenhaften Haufen
Verdorrter Räume, die den Glanz verloren.

PROLOG 1920

Wie Kranz auf Kinderstirn, wie Rosenrot,
Granat am Ast selbst der Gefesselte
ihr alle an euerm Schicksal schwebt,
Knappen, Amoretten, Olympier,
Ledaflaneure, Hyazinthenhäupter,
noch wo ihr mit der tiefen Fackel steht,
ihr Hermen um die Blütensarkophage –
mit unsern Tränen seid ihr längst
aus allen Felsen losgewaschen.

Die Kreuze wildern auf der Schädelstätte,
Götzen und Häscher, blutflüssig dürstende
Pilatusschnauzen, Tempeljalousien
zerreißen unaufhörlich, mitternächtlich
krähn Hühnerhöfe, Zucht- und Brutkomplexe,
Verrat an Gott- und Menschen-Familiärem,
niemand weint bitterlich, man lacht, man lacht,
he, he, die Schädelstätte Abendland,
beschädigt Crescenzen, Wermutsterne,
die Orgie 1920.

Totale Auflösung, monströseste Konglomerate,
neurotische Apokalypsen, transhumane Foken,
Jaktation, hybridestes Finale –:
Individual-Ich: abgetakelt,
Psychologie: zum Kotzen,
Entwicklungsprinzip: der Hund bleibt am Ofen,
Kausalgenese: wer will das wissen,
Ergebnis: réponse payée!!
Teilergebnis: verfaulter Daseine Gift und Gas,
was über die Lippen der Frühe ging,
die Morgenfrüchte, der wirre Wein,
unsrer Hirne sterbender Brand:

Wer je vor Afra stand, der Gedankenleserin,
dem Problem der Gleichförmigkeit des psychischen
Geschehens;
je vor des Frankfurter Rektors Assoziationsversuchen
an seinen Schülern
und der einfach stupenden Einförmigkeit von Reaktion
und Qualität;
wer je aus der Kulturgeschichte ersah den Weg
historischen Geschehns:
aus der Summation kleiner Reize und der Akkumulation
trivialster Dyskrasien;
oder gar vor dem Problem der Typenbildung der
Individualitätsreihen stand,
dem Somatischen des Systems und dem Sekretorischen
der Synopsien –
was ruft der wohl noch vor des Statikers Epigenese und
des Motorischen Evolution,
des Dynamikers Juchhe, des Depressiven Basiliken,
dem Filigran des Neurotikers und der Distinction des brute?
Wo ist das große Nichts der Tiere?
Giraffe, halkyonisch, Känguruh,
du, du bist in Arkadien geboren,
mein Beutelhase, grunz mir zu!

Gestalten alle, Wandelnde
des mythenlosen Schritts, Düpierte
Angeschmierte, Identität
der Zeugung Rache, Embonpoint –
Metaphysik latenter Antithesen,
Synopsen-Zuckerguß und -Yohimbin –

marmelnde Schädel, Katafalken,
Zucht-Maleachis, Sursum-Johannän,
Süßstoffe, Hundekuchen, Himbeersaft
Schutzbünder vor den allgemeinen Menschheitshintern,
im Wald und auf der Heide

Knospen-Manufaktur
Hauptgeschäft Port Said
Puff in Moscheeform
Marmortafel überm Eingang:
Hier wohnte die Stammutter der Menschheit,
los
ran –

Vorortdämonen. Etagen-Mephistophen,
Anti-Prometheus greift ins Grammophon –
Dumping-Gesetze für die Tantaliden
der ganze Orbis pictus lacht sich tot,
der alte Ptolemäus, Cap Farewell,
das ganze Feuerland, der Meere Mal:

»Prometheus, los, den Wudki an die Schnauze,
für diese Blase Leber und Ragout?
Syndetikon! Und schmiers dir auf die Plauze
und dann im Cutaway zum Rendez-vous –

Die Zeuse Kitsch, wo du die Fackeln klautest,
und sonst die Viechheit über Stall und Haus
wird schrein, als ob du auf die Pauke hautest,
Herr Branddirektor, Mensch, so siehst du aus.«

CAFÉ

(für George Grosz)

»Ick bekomme eine Brüh', Herr Ober!« –
Saldo-crack mit Mensch ist gut von Frank –
Hoch die Herren Seelenausbaldower
Breakfast-dämon, Tratten-überschwang.

»Laß dir mal von Hedwig das erzählen«
Reise-Hedwig! Aufbau, Sitte, Stand –
Wurm, Gomorrha, cyanüres Schwälen
Über das verfluchte Abendland.

INNERLICH

I

Innerlich, bis man die Schwalbe greift,
Schwermut lagernd vor das Harngebilde,
bis man sich das Seelchen überstreift
knack die Braut, Gemüt und Schützengilde –

aber dann gehörig ausgeschlammt,
schließt sich die politische Kaverne,
fort den Kleister! und die Hölle flammt
frisch die Zentren an und Schädelkerne.

II

Knochen, schamlos, unbewohnt,
Nacht von Trümmern braun und brüchig,
alles faul und alles flüchtig,
Jurtenjahr und Raidenmond,

Palmbusch, Klatschmohn, Coquelicot,
Asphodelen, Gangesloten,
Strauchsymbole, Affenpfoten
aus dem großen Nitschewo.

III

Mein Blick, der über alle Himmel schied
und alle Flüsse, Styxe und Saline,
kennt nur noch eine Reise: in das Lid
unter die Konjunktiven-Baldachine.

Was war der Trall, was ward das Gottgefäß –
Furunkelhiob, Lazarusgehäuse,
Stinknase, Rotz, Karbunkel am Gesäß,
Kniewasser und den Hodenschurz voll Läuse.

IV

Auf alte Weiber stürzt man sich, zur Blüte
des Greisentums, zu letzter Kommunion
entleide mich, entlichte mich, entwüte –
Zementfabrik, Treuhandel-Kommission.

An kalte Euter klotzt man die Gedärme
nach Mutterkuchenfett und Molkenkuh,
schon halben Leichen scheucht die Bärme
zersetzten Hirns den Schädelkranken zu.

V

Das Dichterpack, der abgefeimte Pöbel,
das Schleimgeschmeiß, der Menschheitslititi,
ein Stuhlbein her, ein alter Abtrittsmöbel,
ein Schlag – der Rest ist Knochenchirurgie.

Und dann den Mörtel auf die Strafgalionen
verlötet und den After zugespickt,
Gehirn-Kamorra, Barrabas-Kujonen,
nun den gestirnten Himmel angenickt.

VI

O Seele, futsch die Apanage
Baal-Bethlehem, der letzte Ship,
hau ab zur Augiasgarage,
friß Saures, hoch der Drogenflipp –,

im kalten Blick Verströmungsdränge,
Orgasmen in den leeren Raum,
Visions-Verkalkungsübergänge,
Geröll im Traum.

PUFF

Trimalchio dem entsprungnen Blut,
dem freien Embonpoint ein Fett,
der hehre Menschenschädel ruht
verstreut im Bett.

Koppheister hier mit Sinntendenzen,
das sonnenhafte Auge zu,
hier gelten Affentranszendenzen
und Blindekuh.

Ein Schiebebock, ein jeu de Rosen,
breitbäuchig reift der Spiegelsaal
– ihr Sursum corda in die Hosen –
die Welt anal.

Hepp, Relation und Schädelränke,
hier hoch das Bein!
Portiers, Herr Stummel und Frau Stänke
kassieren ein,

hier sind wir erst am vierten Tage,
noch nicht der ganze Pentateuch,
der Kosmos eine Schotenfrage
am Bocksgesträuch,

wo Löwe sich mit Lamm beleckte,
kein Schatten aus dem Gravenstein,
wo Eva fraß und Adam weckte –
allein, allein.

DER SPÄTE MENSCH

1.
O du sieh an: Levkoienwelle,
Der schon das Auge übergeht,
Abgänger, Eigen-Immortelle,
Es ist schon spät

Bei Rosenletztem, da die Fabel
Des Sommers längst die Flur verließ –
Moi haïssable,
Noch so mänadisch analys.

2.
Welke Imperien, fallende Armaden.
Pästen der Nacht und tödliches Lagun,
Fiebermaremmen, Vendramin-Arkaden,
Da hältst du gern, wo die auf Städten ruhn

Und vom Gebein verwehter Karawane
Am Wasserschlauch die tote Hand, vom See
Kaspischer Steppen und der Hindostane
Immer der Klang der späten Niobe.

3.
O Seele, futsch die Apanage
Baal-Bethlehem, der letzte Ship,
Hau ab zur Augiasgarage,
Friß Saures, hoch der Drogenflipp –

Im kalten Blick Verströmungsdränge,
Orgasmen in den leeren Raum,
Visions-Verkalkungsübergänge,
Geröll im Traum.

TRIPPER

Blut, myrtengrüner Eiter,
das ist kein Bräutigamsurin,
die Luft ist klar und heiter
von Staatsbenzin.

Familienglück: der Rammelalte,
der Schweißfuß und das Spülklosett –
hier tröpfelt die geschwollne Falte
das Flirt-Minette.

Die Götter wehn, die Kosmen knacken,
der Dotter fault, es hebt sich ab
der Lust-Lenin in Eisschabracken –
Polar-Satrap.

PROLOG

Verlauste Schieber, Rixdorf, Lichtenrade
Sind Göttersöhne und ins Licht gebeugt,
Freibier für Luden und Spionfassade –
Der warme Tag ist's, der die Natter zeugt:
Am Tauentzien und dann die Prunkparade
Der Villenwälder, wo die Chuzpe seucht:
Fortschritt, Zylinderglanz und Westenweiße
Des Bürgermastdarms und der Bauchgeschmeiße.

Jungdeutschland, hoch die Aufbauschiebefahne!
Refrains per Saldo! Zeitstrom, jeder Preis!
Der Genius und die sterblichen Organe
Vereint beschmunzeln ihm den fetten Steiß.
Los, gebt ihm Lustmord, Sodomitensahne
Und schäkert ihm den Blasenausgang heiß
Und singt dem Aasgestrüpp und Hurentorte
Empor! (zu Caviar). Sursum! (zur Importe.)

Vergeßt auch nicht die vielbesungne Fose
Mit leichter Venerologie bedeckt,
Bei Gasglühlicht und Saint-Lazare die Pose
Das kitzelt ihn, Gott, wie der Chablis schmeckt.
Und amüsiert das Vieh und Frau Mimose
Will auch was haben, was ein bißchen neckt –
Gott, gebt ihr doch, Gott, steckt ihr doch ein Licht
In die – ein Licht des Geistes ins Gesicht.

Die Massenjauche in den Massenkuhlen
Die stinkt nicht mehr, die ist schon fortgetaut.
Die Börsenbullen und die Bänkeljulen
Die haben Deutschland wieder aufgebaut.

Der Jobber und die liederreichen Thulen,
Zwei Ferkel, aus demselben Stall gesaut –
Streik? Dowe Bande! Eignes Licht im Haus!
Wer fixt per Saldo kessen Schlager raus?

Avant! Die Hosen runter, smarte Geister,
An Spree und Jordan großer Samenfang!
Und dann das Onanat mit Demos-Kleister
Versalbt zu flottem Nebbich mit Gesang.
Hoch der Familientisch! Und mixt auch dreister
Den ganzen süßen Westen mitten mang –
Und aller Fluch der ganzen Kreatur
Gequälten Seins in Eure Appretur.

CHANSON

Verranzten Fettes
Bei offner Scham
Fliegenfang – Rest des Bettes,
Einstiges Polygam.
Gesundheitswesen
Röntgenglas
Wer hat nicht schon gelesen:
Sanitas?

Palmblätter, Evangelien:
Lotophagien, Rattengracht;
Zu schweigen von den überseligen
Paraphilien der Bagnonacht,
Und hohes Lied und Mandoline
Gegen was auf der Planke schwebt
Von dieser trocknen Guillotine:
Abgelebt.
Gesundheitswesen
Röntgenglas
Wer hat nicht schon gelesen:
Sanitas?

Gehenna: wurmige Hunde
Schaben noch Aas im Gras.
Gehenna: alles Rotunde
Blasennaß.
Ausgang, Vermalmungssphäre
Mach mir's, die Seele spricht's;
Klafter, mythische Leere
Bröckelndes Lid des Nichts.
Gesundheitswesen
Röntgenglas
Wer hat nicht schon gelesen:
Vanitas?

WEISSE WÄNDE

O Schlachtgefild,
wo man den Tod bekämpft
dem Kranken wattemild
und jodgedämpft,
was blüht Jasmin,
der Strauch des grünen Lichts,
wo hier die Wände ziehn,
die Wand am Nichts?

Ach, wieviel Hochmut schlägt
hier noch und Pracht,
was weiße Kittel trägt
und Schwesterntracht;
doch der Entfleischte dort,
der Madenpfühl,
liegt schon in Hauch und Wort
erlösungskühl.

Auch tagt wohl ein Kongreß
in Wissens Bann,
zieht Fall von Zelebes
vergleichend an;
ach, wieviel Fett und Bauch
nährt Krankenstand
und die Familie auch
an See und Strand.

Wo Frau bescheiden
– Kinderschar –
zum Krebsbeschneiden
spart ein Jahr – –

Wunden und Greul –
Sternalle, bellt
Hundegeheul
an den Schöpfer der Welt –!

Was Federlesen,
Weltgeschehn!
Mutter von Wesen,
die auch vergehn;
was blüht Jasmin
am Saum der weißen Wand,
so weiße Wände ziehn
durchs ganze Land.

SCHÖPFUNG

Aus Dschungeln, krokodilverschlammten
Six days – wer weiß, wer kennt den Ort –,
nach all dem Schluck- und Schreiverdammten:
das erste Ich, das erste Wort.

Ein Wort, ein Ich, ein Flaum, ein Feuer,
ein Fackelblau, ein Sternenstrich –
woher, wohin – ins Ungeheuer
von leerem Raum um Wort, um Ich.

SÄT DICH DER TRAUM IN DIE WEITE

Sät dich der Traum in die Weite,
hebt er den Schleier des Blicks
von der nie endenden Breite
deines Geschicks:
auf kambodjanischen Steinen,
von einer Grenze entrückt,
steht eine Schrift, der deinen
ähnelnd, eingestückt.

Oder Aschantispeere
eisernen Gewichts,
denkt man darüber die Leere
des afrikanischen Lichts,
die Elefantenherden
die Jagden im Kanu,
dunkles Werden
auch das bist du.

Hörte die Irre lallen:
»Hunde lösen dich ab« –
ja das reicht ja zu allen
Isispriestern ins Grab,
das ist der Visigoten
Kynoskephalenschar –
selber in Wahne loten
wie in Frühe, die war.

Eben streifen die Schwingen
Haine, hörnerdurchlaubt,
Wein, den sie Bäumen bringen,
Öl für der Felsen Haupt,

Thyrsen und Traubenblüten
um den bacchischen Sohn –
und nun die Haine der Mythen
aber wieder in Schatten schon.

PRIMÄRE TAGE

Primäre Tage, Herbst, auf welchen Sonnen,
von welchem Meer durchblaut, vom Meer gekühlt,
hat dies unwandelbare Licht begonnen,
das rückwärts reicht und *alte* Dinge fühlt,
die Fernen mischen sich, die Völkerheere,
es klingt ein Horn, es klingt das Schilfrohr an:
es ist das Lied vom Busch der Alderbeere,
aus dem die Menschheit weich und sterblich rann.

Primäre Tage, Herbst, die Ebenen träumen,
wie hat das Kind die Tage so geliebt,
die Tage Ruths, die Ährensammler säumen
nach letzten Früchten, die die Stoppel gibt –
ach, da berührt mich was mit vagen Zeichen,
ach, da verführt mich was mit tiefem Zwang:
schon eine blaue Jalousie kann reichen
zu Asterhaftem, das aus Gärten drang.

Vielleicht ein Übergang, vielleicht das Ende,
vielleicht die Götter und vielleicht das Meer,
Rosen und Trauben trägt es auf der Lende:
uralter Wandel, Schattenwiederkehr.
Primäre Tage, Herbst, die Ebenen schweigen
in einem Licht, das *alte* Dinge liebt,
das Ernten fallen läßt und Schatten steigen
und alles nimmt und leise weitergibt.

Olympia –, steige hernieder
geschirmt und binde das Haar,
nimm das erste der Lieder,
weihe das große Jahr,
von deinen Wogen gefeuchtet,
auf deinen Wagen ins Feld
und der Himmel von Hellas leuchtet –:
liebet die Welt.

Olympia –, schimmerndes Ahnen
von deinem ewigen Sein
bricht aus dem Flüstern der Fahnen,
flügelt durch unsere Reih'n,
aus den Liedern steigen die Träume
von Sieg und Kranz und Held
und die Spiele segnen die Räume –:
liebet die Welt.

Olympia –, alle die Scharen,
hart, bis der Lorbeer sich neigt,
haben die Zucht erfahren,
der auch der Frieden entsteigt:
rühmt die Heimat durch Taten,
doch dann – ruft der Sieger und Held –
grüßt die Völker, ehret die Staaten –:
liebet die Welt.

INTERIEUR

(Haingott mit Buddhazügen, 17. Jahrh.)

Gangesgott
unter der Pendeluhr –:
welcher Spott
in Deine Lotosflur!

Schläge, Zeiten,
Stunden und Stundensinn
vor Ewigkeiten,
Rätsel und Anbeginn!

Zielen, Zeigen,
Rufen für wann und wen,
wo dort im Schweigen
die alten Tiefen stehn,

Die lächeln allen,
und alles ist sich nah –,
die Zeiger fallen
und nur der Gott ist da.

EXPRESSIONIST!

Eine Münze wird man dir nicht prägen,
wie es Griechenland für Sappho tat,
daß man dir nicht einschlägt deinen Brägen,
ist in Deutschland schon Kultur-verrat.

DU TRÄGST

Du trägst die Züge der Heloten
und lebst von Griffen mancher Art,
ein Außensein ist dem verboten,
der das Gedicht im Keim bewahrt.

Du kannst dein Wesen keinem nennen,
verschlossen jedem Bund und Brauch,
du kannst dich nur im Wort erkennen
und geben dich und trauern auch.

Gefragt nach deinem Tun und Meinen,
nach deinen Ernten, deiner Saat,
kannst du die Frage nur verneinen
und deuten auf geheime Tat.

IN EINER STADT

In einer Stadt einst, wo – ich unzuhause –
die Abende oft auf ein Wasser sah'n,
ein Rosenwasser, in der Rosen-Pause
vollzogen Schwäne ihren weißen Wahn,

und Klänge oft, erst dämmernder, dann jäher,
dem Nichts entstiegen und dem Nichts gesandt –,
laß leise klingen – nur, wer näher,
vernehme, was ich dort empfand.

1886

Ostern am spätesten Termin,
an der Elbe blühte schon der Flieder,
dafür Anfang Dezember ein so unerhörter Schneefall,
dass der gesamte Bahnverkehr
in Nord- und Mitteldeutschland
für Wochen zum Erliegen kam.

Paul Heyse veröffentlicht eine einaktige Tragödie,
Es ist Hochzeitsabend, die junge Frau entdeckt,
dass ihr Mann einmal ihre Mutter geliebt hat,
alle längst tot, immerhin
von ihrer Tante, die Mutterstelle vertrat,
hat sie ein Morphiumfläschchen:
»störe das sanfte Mittel nicht«,
sie sinkt zurück, hascht nach seiner Hand,
Theodor (düster, aufschreiend):
»Lydia! Mein Weib! Nimm mich mit Dir«! –
Titel: »Zwischen Lipp' und Kelchesrand.«

England erobert Mandelai,
eröffnet das weite Tal des Irawaday dem Welthandel;
Madagaskar kommt an Frankreich;
Russland vertreibt den Fürsten Alexander
aus Bulgarien.

Der Deutsche Radfahrbund
zählt 1500 Mitglieder.
Güssfeld besteigt zum ersten Mal
den Montblanc
über den Grand Mulet.
Die Barsois aus dem Perchinozwinger
im Gouvernement Tula,
die mit der besonders tiefbefahnten Brust,

die Wolfsjäger,
erscheinen auf der Berliner Hundeausstellung,
Asmodey erhält die Goldene Medaille.

Die Registertonne wird einheitlich
auf 2,8 cbm Raumgehalt festgesetzt;
Übergang des Raddampfers zum Schraubendampfer;
Rückgang der Holzschiffe;
über das chinesische Kauffahrteiwesen
ist statistisch nichts bekannt;
Norddeutscher Lloyd: 38 Schiffe, 63000 t,
Hamburg – Amerika: 19 Schiffe, 34200 t,
Hamburg – Süd: 9 Schiffe, 13500 t.

Turgenjew in Baden-Baden
besucht täglich die Schwestern Viardot,
unvergessliche Abende,
sein Lieblingslied, das selten gehörte:
»wenn meine Grillen schwirren«
(Schubert),
oft auch lesen sie Scheffel's Ekkehard.

Es werden entdeckt:
der flügellose Vogel Kiwi-kiwi in Neuseeland,
der augenlose Molch in der Krainer Tropfsteinklamm,
ein blinder Fisch in der Mammuthhöhle von Kentucky.
Beobachtet werden:
Schwinden des Haarkleides (Wale, Delphine),
Weisslichwerden der Haut (Schnecken, Köcherfliegen),
Panzerrückbildung (Krebse, Insekten) –
Entwicklungsfragen,
Befruchtungsstudien,
Naturgeheimnis,
nachgestammelt.

Kampf gegen Fremdwörter,
Luna, Cephir, Chrysalide,
1088 Wörter aus dem Faust
sollen verdeutscht werden.
Agitation der Handlungsgehilfen
für Schliessung der Geschäfte an den
Sonntagnachmittagen,
sozialdemokratische Stimmen
bei der Wahl in Berlin: 68535.
Das Tiergartenviertel ist freisinnig,
Singer hält seine erste
Kandidatenrede.
13. Auflage von Brockhaus'
Konversationslexikon.

Die Zeitungen beklagen die Aufführung
von Tolstoi's »Macht der Finsternis«,
dagegen ist Blumenthal's »Ein Tropfen Gift«
eines langen Nachklangs von Wohllaut sicher;
»Über dem Haupt des Grafen Albrecht Vahlberg,
der eine geachtete Stellung in der hauptstädtischen
Gesellschaft
einnimmt,
schwebt eine dunkle Wolke«,
Zola, Ibsen, Hauptmann sind unerfreulich,
Salambo verfehlt,
Liszt Kosmopolit,
und nun kommt die Rubrik
»Der Leser hat das Wort«,
er will etwas wissen
über Wadenkrämpfe
und Fremdkörperentfernung.

Es taucht auf:
Pithekanthropos,
Javarudimente, –
die Vorstufen.

Es stirbt aus:
der kleine Vogel von Hawai
für die königlichen Federmäntel:
ein gelber Flaumstreif an jedem Flügel, –
genannt der Honigsauger.

1886 –
Geburtsjahr gewisser Expressionisten,
ferner von Staatsrat Furtwängler,
Emigrant Kokoschka,
Generalfeldmarschall v. W. (†),

Kapitalverdoppelung
bei Schneider-Creuzot, Krupp-Stahl, Putiloff.

AN ERNST JÜNGER:

Wir sind von außen oft verbunden,
wir sind von innen meist getrennt,
doch teilen wir den Strom, die Stunden,
den Ecce-Zug, den Wahn, die Wunden
des, das sich das Jahrhundert nennt.

DEN JUNGEN LEUTEN

»Als ob das Alles nicht gewesen wäre« –
es war auch nicht!
war ich es denn, der dir gebot: gebäre
und daß dich etwas in die Ferse sticht?

»Der dichtet wie vor hundert Jahren,
kein Krieg, kein Planck, kein USA.,
was wir erlitten und erfahren,
das ist ihm Hekuba!«

Lang her, aus Dunkel, Fackeln und Laterne
versuchten sich um eine klare Welt,
versuchten sich – doch Näh und Ferne
blieb reichlich unerhellt!

Nun sollte ich – nun müßte ich – beileibe
ich müßte nicht, ich bin kein Ort,
wo etwas sich erhellt, ich treibe
nur meinen kleinen Rasensport!

Allons enfants, tut nicht so wichtig,
die Erde war schon vor euch da
und auch das Wasser war schon richtig –
Hipp, hipp, hurra!

SCHUMANN

Wie bist du darauf gekommen,
wie kamen die Töne dir bei,
wo aufgestiegen, erglommen
F-dur, die Träumerei?

War es die Frühe, die leere,
in der die Träume vergehn,
oder war es die Nacht, die schwere,
in der die Träume geschehn?

Waren Stunden, tränenerbebende,
oder Stunden des Glückes dein –
eine alles-zusammen-erlebende
muß es gewesen sein,

noch heute sendet sie Streifen
aus Einst und Immer und Nie,
wenn wir ans Radio greifen
F-dur – die Rêverie.

STILLE

Stille,
belebt von Innen her:
Gewesenheiten
ganz frühe Bande,
zarte, todgelöste;
auch Tage voll von Büchsen von Jasmin
und Früchteschalen zwischen einem Paar
fragloser Gläubigkeit, zwei Flammen.

Stille,
von fernen Höfen her
Bereitungen von Fest und Heimatfühlen:
Klopfen von Teppichen,
auf denen, frisch gerichtet,
dann Schritte vieler gehn
in Glück und Liebe.

Stille,
das Einstige und Kommendes für Fremde,
und wo das Heutige, ein dunkler Laut:
»bleib noch an meiner Seite,
vielleicht nicht lange mehr,
zuviel Verfall in mir
zu schwer
und müde.«

GEDICHTE AUS DEM NACHLASS

FRÜHE VERSE

»Schon wieder nah' ich Dir mit dieser Bitte:
Nimm diese Blätter auch noch gnädig an.
Damit Du siehst, daß ich trotz Egoismus
Dir dennoch bin von Herzen zugethan«.

Dein
Gottfried Benn.
28.3.01.

LIED I

1) Soviel Stern' am Himmel stehen,
So viel Küsse möcht' ich schenken Dir.
So viel Wolken an dem Himmel gehen,
Such' in allen einen Gruß von mir.

2) So viel Blumen aus der Erde sprießen,
So viel Dienste möchte ich Dir weih'n.
So viel Blätter aus dem Stamme schießen,
So viel kannst du fordern; es ist Dein.

3) Soviel Tropfen Tau auf Gräsern liegen
So viel Thränen weine ich Dir nach.
Könnt' ich doch auf Wolken zu Dir fliegen,
Dir zu sagen, daß ich gern Dich mag.

LIED II: DAS ALTE LIED VON DER LINDE

1) Tief drunten in dem Thale,
Da steht ein Lindenbaum,
In dessen kühlen Schatten
Ich träumt so manchen Traum.

2) Wenn mir das Herz bedrückte
das Heimweh, schmerzlich wild,
Wenn liebend ich gedachte
An eine Maid so mild,
3) Wenn mir die Brust bewegte
Der Menschheit Leid und Nacht,
Und wenn ich jubelnd dachte
Der Welt und ihrer Pracht,
4) Ich eilte zu dem Thale,
Zum Lindenbaum hinab;
Da war es still und ruhig,
So wie im kühlen Grab.
5) Hier konnt ich aus mich weinen,
Ging dann getrost nach Haus.
Hier konnt ich träumen, träumen,
Und träumte niemals aus.
6) In deinen stillen Ästen
Da rauschte Fried' und Ruh',
Und deine grünen Blätter
Sie nickten Mut mir zu.
7) Jetzt muß ich von dir scheiden.
Leb wohl' Du stilles Thal!
Leb wohl, du alte Linde!
Ich dank' dir tausendmal.

LIED III: TRINKLIED

1) Wir sind hier versammelt zu fröhlichem Trank,
Drum laßt uns das Leben genießen!
Wir wollen jetzt lustig sein, frisch frei und frank.
Wer weiß, wann die Thränen uns fließen?
Weiß ich, wann das Elend an mich tritt heran?
Drum will ich mich freuen, so lange ich kann.
Will trinken den funkelnden, duftenden Wein,
Und denken, mein Schatzel zu Haus denket mein.

2) Laßt kreisen den Becher herum in der Rund
Und trinket ihn aus bis zur Neige!
Genießet, genießet die fröhliche Stund'!
Ein jeder trink', bis er schweige!
Er trinke so lang, bis der Sang ihm verstummt,
Er trinke so lang, bis der Schädel ihm brummt.
Er trinke den feurigen, strahlenden Wein,
Und hoffe, sein Schatzel zu Hause denkt sein.

3) Giebt's Schöneres denn als berauschenden Wein?
Im Rausche den Träumen zu leben?
Zu vergessen auf Stunden das elende Sein,
Und Hoffnungen nur sein ergeben?
Drum trinket und trinket das Herze Euch leicht
Und wenn Euch im Leben der Kummer beschleicht,
Dann trinket den ewig erlabenden Wein,
Und lasset den Kummer, den Kummer dann sein.

4) Das Leben es kehret nie wieder zurück,
Drum kostet's mit kräftigen Zügen!
Ergründet, ergreifet, erpacket das Glück,
Und laßt's Euch nicht feige entfliegen.
Doch ist es entflogen, so nehmt es nicht schwer.
Dann thuet dem Weine die schuldige Ehr'!
Dann trinket den göttlich, ambrosischen Wein,
Geblüht und gereifet am Ufer des Rhein.

LIED IV

1) »Wenn die roten Rosen glühen,
Wenn der Ginster blüht am Rain,
Dann wird Dir die Liebe blühen,
Dann, dann wirst Du glücklich sein«.
2) Also sprach die alte Norne
Lesend aus der Jungfrau Hand.
Sprach's in Liebe sie? Im Zorne?
Niemand weiß es. Sie verschwand.

3) Sinnend ob des Schicksalspruches
Lehnt das Mägdlein. Sinnet nach:
»Ist's wohl wahr, was mir die Hexe?
Wird's so sein, wie sie mir sprach?«
4) Winter ist es, Schnee und Kälte.
Und der Liebste, ach! so weit!
»Wenn die roten Rosen blühen«,
Ach! Wie lang ist noch die Zeit!«
5) »Noch so lange soll ich harren?
Liebster, hälst die Treue Du?
Wenn am Rain die Ginster blühen,
Kommt das Glück in Freud und Ruh'!«
– – –
6) Herbst ist's worden. Und vergangen
Ist die Zeit der Rosen rot.
Herbst ist's worden. – Längst vergangen
Blüten, die der Ginster bot.
7) Und die Jungfrau? Ach sie trauert!
Das verheißne Glück es trog.
Und sie trauert nach dem Liebsten.
Glaubt sie, was die Hexe log?

LIED V

1) Auf einem Berg ein Haus hoch ragt;
So friedlich, still und rein. –
Die Sonne steigt; der Morgen tagt;
Es blaßt des Mondes Schein.
2) Ein Nonnenkloster liegt es da.
Auf hohem Berg in Ruh'.
Es jubiliert der Lerche Schall
Dem neuen Morgen zu. – –
3) Es steigt eine Nonne von Antlitz so schön,
Das Ave-Maria zu läuten.
Sie schaut hinab, sie schaut ins Thal,
Sie weint. Was soll das bedeuten?

4) »Es freut sich die Erde der Frühlingspracht;
Es ist die Natur im Erwachen.
Vergangene Zeit, vergangene Zeit,
Da auch ich noch kannte das Lachen.
5) Jetzt ist es vorbei, auf ewig vorbei,
Muß harren hier oben, auf immer.
Es ist so mein Los. Leb wohl schöne Welt!
Mir ward des Glücks nur ein Schimmer«.
6) Sie läutet das Ave. Ein Abschiedsgruß
So klingt es hinab ins Thal.
»Könnt' ich Dich sehn! Noch einmal sehn'
Zum allerletzten Mal«.

LIED VI

1) Ich wandre fort gen Welschland zu
Zur Sonnenpracht des Süden.
Doch ist das Herz mir bitter schwer,
Seit ich von Dir geschieden!
Den Wolken, die am Himmel klar
Hinziehn, sag' ich den Gruß
An jenes dunkle Augenpaar,
An das ich denken muß.
2) Ich wandre ohne Ruh' und Rast,
So wie es mir beschieden.
Der Wandergesell – ein lästiger Gast
Der fahrende Sänger – gemieden.
Du Sturmwind, der Du mich umbraust,
Trag' zu ihr meine Lieder.
Grüß mir das dunkle Augenpaar
Und sage, ich komm wieder.
3) Die Frauen hier sind wunderschön,
So leidenschaftlich wild.
Doch gegen's dunkle Augenpaar
Ein schwächlich Schattenbild.
Ihr Lüfte, die ihr mich umweht,

Ach saget es aufs neu:
»Ich grüß Dich dunkles Augenpaar,
Blieb bis zum Tod Dir treu«.

LIED VII: MARK BRANDENBURG

1) Du bist nicht das schönste von allen
Von allen Ländern im Reich,
Und doch thust Du mir gefallen,
Bei mir kommt keines Dir gleich
2) Du hast keine ragenden Burgen.
Nur Kiefern ragen im Sand,
Und doch thust Du mir gefallen
Du bist ja mein Heimatland.
3) Dir stürzen nicht reißende Ströme
Von Bergen mit Donnergebraus,
Und doch lieb' ich Dir vor allen,
Denn hier steht mein Vaterhaus.
4) Du bist nicht reich an Schätzen,
An menschlichem Gut und Hab',
Und doch lieb' ich Dir vor allen,
Du hegst meiner Väter Grab.
5) Du trägst nicht blumige Triften
Nein! Graues Sandgewand,
Und doch lieb ich Dich vor allen,
Weil hier meine Wiege stand.
6) Nicht Märchen und Sagengestalten
Und Träume umspinnen Dich hier
Und doch lieb ich Dich vor allen,
Und Treue schwöre ich Dir!
7) Dir Land der Mannen u. Minne
Vom Blute der Ahnen rot;
Dir weihe ich mein Leben,
Dir weih ich meinen Tod.

LIED VIII: VERGANGEN – – –

1) Den Ahornbäumen im dunklen Wald
Ich lauschte ihnen im Mose kalt,
Ich hör' sie erzählen vergangener Pracht,
Von des Schicksals Fügung, des Unglücks Macht.

2) Durch die Kronen säuselt der Nachtwind so mild;
Und alles rings um mich in Dunkel gehüllt.
Ich höre es rauschen von schönerer Zeit
Ich hör' von vergangener Seligkeit.

3) Aus den Ahornwipfeln da raunt es mir zu
Auch ich kannte einstens die selige Ruh',
Auch mir wurde einstens des Glückes ein Teil;
Doch jetzt ist's schon her eine lange, lange Weil.

4) Vergangen, vergangen ist längst all die Pracht!
Es war nur ein Augenblick, der mir gelacht!
Vergangen, vergangen! 's ist alles dahin,
Erinnrung, Erinnrung mein einzger Gewinn.

5) Aus den düsteren Eichen, da tönt es herab:
Auch ich stand wohl einst an des Liebchens Grab,
Auch ich trauert' einst um verlorenes Glück,
Vergangen, vergangen, kehrts nimmer zurück.

6) Aus dem Mose, da glitzern Leuchtkäfer hervor
Und leises Gezirpe tönt mir an das Ohr:
Ich weiß auch was es heißt: Auf ewig ade!
Leb wohl Du Geliebte! Vergessen thut weh!

7) Es plätschert im Thale ein silberner See.
Sein Rauschen es klingt wie unendliches Weh;
Wie unendliches Sehnen in schmerzlicher Brust
Vergangen, vergangen hab scheiden gemußt.

8) Die lauen Lüfte umfächeln mich mild.
Ach! Wär mir mein Sehnen, mein Schmerz mir gestillt!
Vergangen, vergangen ist längst all die Pracht
Es war nur ein Augenblick, der mir gelacht.

9) Ich liege im Mose so kühl und so kalt,
Rings um mich der nächtliche, schweigende Wald.
Die steigenden Nebel umnachten den Sinn,
Vergangen, vergangen! es ist alles dahin.

EINIGES AUS SCHWACHEN
UND SCHWÄCHSTEN STUNDEN

(Theelöffelweise zu nehmen, sonst gesundheitsschädlich)
Gottfried Benn.

Und spotten die andern u. dünken sich besser
Und wenn mit Verachtung der Pöbel Dich schlug,
Was kann Dir das Jammerpack Menschen denn schaden.
Behälst Du Dich selber, so hast Du genug.

FRANKFURT im Juni 1902

Wenn ich hinausseh' in das stille Land,
Das lenzumwoben, sich vor mir entfaltet,
Das nur der sanfte Frühlingswind umspielt
Wie Kuß auf schlafend Kind – so scheinet es
Als wie ein Traum, so wie ein fernes Märchen
Aus Kindheittagen wie der Frühlingshimmel
So weit, so rein, so in Azur getaucht –
Wenn ich hinausblick in die schöne, weite
So thränenschwere, endlos arme Welt,
Umfangen leicht vom ersten Dämmergrau
Ganz fein umhüllt vom roten Abendgolde –
Und schaue ich den lauen Abendwind
Des tiefen Waldsees blaue Wellen küssen
Hör ich den Klang der nahen Nachtigall
Zu meinem heimatswehen Herzen rauschen –
Dann packt es mich, weiß ich doch selbst nicht wie?
Ich fühl es nur wie eine heiße Ahnung
Von etwas Hohem, einem sternenreinen
Der Menschheit nie zu Teil gewordenen Glück.
Und lauschen, ewig lauschen möchte ich
Dem Sange jenes großen, stummen Dichters,
Der uns so wundersam zu rühren weiß – –

Und dann? Ja dann, mag es banal auch klingen
Dann dichte ich und könnte meine Zeit
Doch wahrlich besser totzuschlagen suchen. –

Dies weiß ich wohl und dennoch ließ ich's nicht.

IRMA-LIEDER

Wie schlug mir doch wieder so heiß das Herz
Als wir uns wiedergesehen;
Und der sich zur Ruhe gelegt, der Schmerz,
Fing noch mal an zu entstehen.
Und die alte Wunde, sie rinnt aufs Neu,
Wieder lieg ich in Fesseln und hofft' ich wär frei!
O Knechte schaffende Liebe!

Ich dacht, es wäre auf immer vorbei
Wie ein Traum wär die Liebe verflogen,
Ihr Stunden des Glücks, ihr Tage im Mai,
Was kommt ihr noch einmal gezogen?
Ich hofft überwunden wär Liebe und Leid
Nun kehrest Du wieder, ach, wärest Du weit,
Du Schmerzen bringende Liebe.

Doch es ist ja schon Herbst; jetzt ist es zu spät
Zum Lieben und Küssen u. Minnen,
Schon gelben die Blätter, der Herbstessturm weht,
Trugbilder weichet von hinnen!
Doch Du denke mein, wirst von dannen Du ziehn,
Und denke der Zeit, da die Rosen verblühn
Der längstvergangenen Liebe!

SIEG
an Irma

Jetzt ist es still. Ich sah Dich wieder,
Doch ruhig blieb's im Herzen mir,
Die Liebe legte sacht sich nieder
Und Freundschaft blühte auf zu Dir.

Bisher hat es getobt, gebrandet
Wenn stolz Du hingeschritten bist,
Jetzt bin im Hafen ich gelandet
Und hab' die Friedensfahn gehißt.

Wohl hab ich schmerzlich oft gerungen
Und manche Thrän im Aug' zerdrückt,
Doch endlich ist dies Lied verklungen
Und endlich ist's mir doch geglückt. –

Still ist's. Nur wenn in Dämmerstunden
So leis, so weh die Sehnsucht träumt,
Denk ich der Tage, die entschwunden,
Da junges Glück im Kelch geschäumt.

AN DICH, JOCHEN!

So oft sich unsre Wege trennen
Und wir nicht teilen Leid und Lust,
Fühl ich so heiß die Sehnsucht brennen
Nach Deiner treuen Freundesbrust.

Ich sitz auf meiner engen Bude
Von fern tönt sacht ein trautes Lied,
Wärst Du bei mir, könnt ich Dir sagen,
Was mir so wild das Herz durchglüht.

Könnt' ich in Deine Hände legen
Mein kummerschweres, müdes Haupt,
Ich glaub zur Stunde wär verflogen,
Was Frohsinn mir und Freud' geraubt.

Und dacht ich nicht, du könnt'st nicht folgen
Der heißten Sehnsucht Traum, vergieb!
Ich kann nicht sagen, was ich fühle,
Drum sag ich nur: Behalt mich lieb.

EPILOG

Du hast nicht oft dem trotz'gen Munde
Solch demutsvolles Wort erhört,
Es war in einer schwachen Stunde,
Da mich mein glühend Herz bethört.

Wenn glutenheiß die Sehnsucht lockte
Und wach mir ward die alte Lieb –
Dann wurd ich schwach, verflucht' Gefühle!!
Noch diesesmal, mein Stolz, vergieb!

TIEFE LIEBE

Und bin ich stolz auch von Dir geschieden
Mit lachendem Blick und bitterem Spott,
Vergessen konnt ich Dich nicht hienieden,
Du warst meine Liebe, mein Glück und mein Gott.

Zwar hat mich mancher Stern noch geblendet
Und hab ich genommen, was jeder mir giebt,
Und Liebe empfangen u. Liebe gespendet –
Ich hab ja nur Dich und nur Dich geliebt.

Leb wohl mein Kind! Die Heide dunkelt,
Auf der wir uns zuerst geküßt,
Der Sturm pfeift durch die kleine Hütte,
Da mich Dein Aug' zuerst gegrüßt.

Die Blätter fall'n im Herbsteswinde
Auch unser Hoffen muß verwehn –
Küß' mich noch einmal leis und linde,
Dann will ich still von hinnen gehn.

HECKENROSE

Ein Heckenröschen brachest Du
vom wilden Stamm mir ab,
Das einsam wuchs im Haidegrün
Beim milden Frühlingssonnenglühn
   Am Waldesrand.

Du wilde Rose, zart und schön,
Frisch wie das junge Leben,
Dir gleich ist unsere heiße Lieb,
Die Frühlingswehn zur Reife trieb
   Auf wilder Haide.
– – –
Sie ist verwelkt, verweht im Winde,
So schnell dahin, wie sie erblüht.
Die Du mir brachst die Rose wild
War unsrer Liebe treues Bild
   Auf düstrer Haide.

War ihr zu wild der Frühlingssturm,
Der sie geküßt zum Leben?
Oder das Sonnenlicht zu heiß
Fürs wilde, doch so zarte Reis
   Am Waldesrand?

Mein lieber Herr Przygode,
Hier kommt der Eskimode,
Hier kommt der Hyperboräer,
Welteschen-eichelhäher
Kurzum: Herr van Pameelen,
Den so die Worte quälen.
Er stammt von vor drei Jahren
Aus meinem roten Haus, wenn Sie
Die wunderschöne Avenue
Louise hinunterfahren.

Man denkt, man dichtet
gottweiß wie schön.
Und schließlich war man
bloß hebephren.

Man denkt, persönlich
ist Stil u Lied –
Quatsch: Typenreihe
schizoid.

Verfluchtes Sperma
von Müller u. Cohn
Mist die Meschinne
Gehirnfunktion –

Elende Meute
magischer Topp
Zoff u Pleite
wann ist Stopp??

Stunden – Anthropophagen:
Was ist das? Kindermast!
Nimm mehr – der Leichenwagen
Hat weniger Last.

Ins Nichts. Die Monumente
Der Welt, das Meer
Hinab – Ponente,
Hinab – ins Leer.

Ein Palmenmorgen,
Der Anden Schall:
Das Nichts anborgen –
Verfall, Verfall.

Der Styx spült Aale
Der Acheron treibt
Wasserpedale –:
Was von Göttern bleibt!

Das Zeiten-eine,
Der Schöpfungsschrei
Bist du alleine –
Nimm mehr – vorbei.

Die Heimat nie – Und ohne Ende
Verwehende am Herz, wer heilt
Im Blick die Woge und die Wende
Der Zeiten, die herniedereilt.

Verwandlungen. Wenn die Zenithe
Erklingen, trägst Du Duft u. Schrei
Chimäre oder Leda-ite
An neuem Gott und Schwan vorbei.

Die Himmel hoch, die Lippen kosten
Und finden nicht, was sich verheisst –
Die Heimat nie – Auf einem Pfosten
Steht stumm: »Du weisst –«

Contrafaktur zu "Valet will ich dir sagen"

WAS SINGST DU DENN –

was singst du denn, die Sunde
sind hell von Dorerschnee,
es ist eine alte Stunde,
eine alte Sage der See:
Meerwiddern und Delphinen
die leichtbewegte Last –
gilt es den Göttern, ihnen,
was du gesungen hast?

singst du des Blickes Sage,
des Menschenauges Schein,
über Werden und Frage,
tief von Ferne und Sein,
eingewoben der Kummer
und der Verluste Zug,
nur manchmal ein Glanz, ein stummer,
des, was man litt und trug?

singst du der Liebe Leben,
des Mannes Qualenlied,
dem doch ein Gott gegeben,
dass er die Glücke flieht,
der immer neu sich kettet
und immer neu vorbei
sich zu sich selber rettet –,
den Fluch- und Felsenschrei?

ja singe nur das Eine,
das Eine ist so tief:
die Rettung sie alleine
des Hirn ins Regressiv:

die Fjorde und die Sunde
im taumelnden Vergeh' –
singe die alte Stunde,
die alte Sage der See.

Unter Baumgerüste
hält das Haupt der Greis –
mittels einer Büste,
die von nichts mehr weiss,
von den schmalen Wangen
wie dem Künstlerhaar
das auch ist vergangen
was erlitten war.

Selten, eine Stunde,
wenn Vermischung träumt,
wie aus fernem Grunde
sich die Urwelt bäumt –
giebt es wohl ein Führen
aus der Grenzen Bann
u die Dinge rühren
still einander an.

LEID DER GÖTTER

Wohin können Götter weinen,
das Meer nimmt die Tränen nicht auf,
sie drohen den Ufern, den Steinen
und die Flüsse verlören den Lauf.

Wohin könnten Götter klagen,
sie haben doch Alles gemacht
und können zum Schluss nicht sagen:
vertan – – verdacht –.

Und dann die vielen Stunden,
an denen niemand Teil
und für die sie nichts gefunden:
nicht Form, nicht Formen-heil.

Sie sind ja nicht allmächtig,
sie ringen einander ab,
und sind nicht immer trächtig,
sie nehmen Wünsche ins Grab,

sie möchten im Sommer sterben,
da stirbt es sich leicht und froh,
und müssen im Dunkel verderben
schneehin und anderswo,

ach, satt der ewigen Quadern,
der Broncen nah u. fern,
sehn sie die alternden Adern
auf ihren Händen gern,

denn ihr grosses Land heißt Schweigen,
bis sie als süsser Wahn
von den Säulen niedersteigen,
weil andere Zeichen nahn.

WIDMUNG:

Wenn Du noch leidest und
kämpfst für Dein Walten,
Glücke und Lebensgrund,
bebst um Erhalten,

Wenn Du noch Dinge siehst,
Die Dir gehören,
wenn Du noch Ringe fliehst,
Die Dich zerstören,

Wenn Du noch Formen willst,
um nicht zu enden,
wenn Du noch Normen stillst,
statt Dich zu wenden,

bist Du noch Zwischenrang,
Spieler u. Spötter,
Larve und Larvendrang
Dunkler Götter,

Doch wenn Du ganz versinkst,
kommt Dir die Wende
Du schweigend weitertrinkst
Wunden und Ende,

wenn Du dann ganz am Grund
der Höllenschaaren,
naht sich ein Geistermund,
hallen Fanfaren,

Dann über Einsamkeit,
Spieler und Spötter,
naht die Unsterblichkeit:
Strophen und Götter.

Was Wunder, wenn die Stunde geht
Die Woge sinkt, die Tiefen weichen
Gebeugter Glanz, geprägt von Zeichen
in denen niemand lange steht.

Die Wolke bricht u strömend liegt das All
in einem Hoch von Inseln u Azoren
Büsche von Faltern fliehn u glanzerkoren
senkt sich der Götter Bild u Niederfall

Und eine grosse Schönheit die er frug
die aus Aegypten kam u das erzählte
war eine so unsäglich auserwählte
im Fleisch geschmückte Taube vor dem Flug

Nun hebt die Flügel sie, sie hebt der Wind
die Bilder glühn die so verdeckten Zeichen
was Wunder, wenn sie bald entweichen
und wenn die Einsamkeit beginnt.

Es ist für niemanden verbindlich
es ist auch nicht für jeden da,
für keinen, der nicht seins-empfindlich
in seine eigene Asche sah

für den, der alles fühlt im Schweigen
der Lippe Wort, der Worte Sinn,
da sich ja die Kerne neigen
zu einer stummen Frühe hin.

Sie haben Blumen im Garten
u Güter u Geist im Haus
Sie brauchen auf nichts zu warten
die Stunde füllt Sie aus

nehmen Sie die Gedichte
in Ihre ruhige Hand –
die Stunden kommen u wenden
Heimat u Glück u Land

»Der Vordergrund der Kunst: die Kaiserloge.
Der Hintergrund der Kunst: travaux forcés.
Im Zwischenakt begrüsst sich Don u. Doge:
›Süperbes Ding –!‹: gemeint ist das Foyer. –«

GENERAL

Meine Herren –: Stichwort: Reginald!
Spannungsstufe III, Sofortmassnahmen –!
Zwanzig Uhr Verladung der beschleunigten Divisionen!

Wozu die ganze Chose in Bewegung geht –
keine Fragestellung! Geschieht!
Spähtrupps, mechanisierte Abteilungen,
mot.-, t-mot.-, Raupenschlepper
durch die blaue Zone,
wo die Maschinen schweigen müssen,
die letzten zweihundert Meter
für die Infanterie!

Vernichtung! Ein Rausch die Gräben!
Wenn Sie wollen, vorher doppelte Rumration.
Hinweis auf die Feldpolizei.
Gefangene – –, Sie verstehn! Auf keinen Fall schriftlichen
Befehl darüber!
Der Materialwert der Angrenzerländer
ist Reichsmark 10000 für den Morgen,
in der Avenue d'Opéra und den Docks von Bizerta
wesentlich höher,
demnach Bomber nie zum Luftkampf
alle Last auf Produktionszentren!

– Jemand noch eine Frage? *Kriegserklärung?*
meine Herren, auf der Reede von Tschemulpo
versenkten 1904 acht dreckige Japszerstörer
die halbe russische Kriegsflotte
mitten im heitersten Frieden
frühmorgens, als die Brödchen ausgetragen wurden,
dann machten sie leider kehrt, statt zu vollenden:
das wird nie wieder vorkommen!

Einbrechen! Lost über das eingesiedelte Ungeziefer!
Steilfeuer! Sauerstoff an die Tresors!
Kostenanschlag – möchte ich sagen,
und dann bedienen wir die Maschinen!

Meine Herren – Sieg! Pylone, wenn Sie heimkehren
und ein ewiges Feuer den Toten!
Halsorden! Beinamen wie: »Löwe von –«,
Nachrufe mit Stabreimen wie: »in Frieden und Front –«,
Kranzschleifen bei Todesfall – –, Lorbeer, Mythen –!

Ich danke Ihnen, meine Herren! Für die Jüngeren:
beim letzten grossen Ausmarsch war *ich* Zugführer!
Hier spricht ein Herz!
Vernichtung!
Und wer mich sucht,
im Gegensatz zum Weltkrieg
bei Kampfwagenangriff
im vordersten Tank! –

ALTER KELLNER

Das Nichts, das Menschenlos, die Parzennähe
ein alter Kellner, schuftend prägt sie ein:
wenn eins ihn seiner Kinder sähe:
er möchte wohl ein anderer sein.

Ein anderer konnte er nicht werden,
Geburt und Schicksal, Trieb und Not,
verwehte Lust uralter Erden,
versehrte Vordern, früher Tod,

Des Geistes Ahnenschaft, des Fleisches Sippe,
Belastungen, Verrat, der Arten Lauf –
das alles stand um sein Gerippe
und schuf den alten Klepper auf.

Sein Leben fliesst dahin – ein Gast wird jäher –
er schleift den kranken Fuss, er ballt den Schuh, –
ein anderer scherzt mit ihm und tritt ihm näher
und flüchtigt ihm ein Wohlwort zu, –

Gewalt der Ewigkeit, Gesetz der Erden,
Reiz und Ermattung, spielerisch und gross –,
ein andrer konnte er nicht werden,
geschaffen in das Nichts, das Menschenlos.

SO STILL –

Es würden Vögel, wanderweit,
sich ruhig und in breiten Massen
in ihren Ästen niederlassen:
so still ist die Unendlichkeit.

Auch unerbittlich ist das nicht!
sie spinnen und die Spindeln rauschen
und Lachesis und Klotho tauschen
den Rocken und die Wolleschicht.

Auch ob es wachte, ob es schlief,
ob es Gestaltung zeigt und Weiten –:
in Schöpfungen, in Dunkelheiten
sind es die Götter, fremd und tief.

WOHIN –

Wohin kannst du mich noch führen,
dem längst die Sterne entfacht,
die Weiten atmen und spüren
die ganze Tiefe der Nacht?

Wovon kannst du mich noch lösen,
dem alles gleitet und rinnt,
die Stimmen, die guten, die bösen,
ihre Schilfe rauschen im Wind?

Wovon giebst du noch Kunde,
wozu, von wem erwählt,
dem in Fäden der Spinne die Stunde,
nur sie, die fallende, zählt?

»Wenn dir am Ende der Reise
Erde und Wolke verrinnt,
sie nur noch Laute, leise,
vom Himmel gefallene sind,

und nur noch Farben, getönte
aus einem wechselnden Reich,
nicht bittere, nicht versöhnte,
Austausch alles und gleich,

wenn dir die Blicke nach oben
und dir die Blicke zu Tal
schweigend das Nämliche loben,
schweigend die nämliche Qual,

schliessen sich die Gesichte
über der lastenden Flut:
ach, die vielen Gewichte,
doch die Waage, sie ruht.«

»Dann gliederten sich die Laute,
erst war nur Chaos und Schrei,
fremde Sprachen, uralte,
vergangene Stimmen dabei.

Die eine sagte: gelitten,
die zweite sagte: geweint,
die dritte: keine Bitten
nützen, der Gott verneint.

eine gellende: in Räuschen
aus Kraut, aus Säften, aus Wein –:
vergessen, vergessen, täuschen
dich selbst und jeden, der dein.

eine andere: keine Zeichen,
keine Weisung und kein Sinn –,
im Wechsel Blüten und Leichen
und Geier drüber hin.

eine andere: Müdigkeiten,
eine Schwäche ohne Mass –
und nur laute Hunde, die streiten,
erhalten Knochen und Frass.

Doch dann in zögernder Wende
und die Stimmen hielten sich an –,
sprach eine: ich sehe am Ende
einen grossen schweigenden Mann.

Der weiss, dass keinen Bitten
jemals ein Gott erscheint,
er hat es ausgelitten,
er weiss, der Gott verneint.

Er sieht den Menschen vergehen
im Raub- und Rassenraum,
er lässt die Welt geschehen
und bildet seinen Traum.«

Du kannst Dich nicht erlösen.
Durch keine Sonne durch Nichts
Du stehst im Guten im Bösen
Ausserhalb des Lichts
Du kannst in Blumengerüchen
Für eine Weile stehn
In des Hauches Niederbrüchen
die aus weissen Lilien gehn.

»Wer Wiederkehr in Träumen weiss,
den dämmt kein sterbliches Gefüge,
dem aufersteht der alte Kreis,
die Sphinxallee, die Sagenzüge.

Starben die Götter? Nein, sie leben her!
Sie haben noch ihr Tier und ihre Reben
und nehmen Opfer über und vergeben,
wohnen im Hain und wandeln auf dem Meer.

Das Auge stirbt nur, das sich über sah,
das seinen Blick ins Unbegrenzte rollte,
das sich vor dem nicht senkte, was geschah
und still in jedem wirkt und wirken sollte.

Wer sich begrenzt, vollendet seine Spur,
wer trägt, damit es nicht das Sein verletze,
verzögernd sich, den sammelt die Natur,
den Schweigenden erhalten die Gesetze.«

VALSE D'AUTOMNE

Das Rot in den Bäumen
und die Gärten am Ziel –,
Farben, die träumen,
doch sie sagen soviel.

In allen, in allen
das Larvengesicht:
»befreit – zum Zerfallen,
Erfüllung – nicht.«

An Weihern, auf Matten
das seltsame Rot
und dahinter die Schatten
von Fähre und Boot,

die Ufer beschlagen
vom ewigen Meer
und es kreuzen sich Sagen
und Völker her,

das Locken der Frühe,
der Späte Sang
und der grosse
einsame
Untergang.

Der Farben so viele,
die Kelche weit,
und das Ziel der Ziele:
Verlorenheit.

In allen, in allen
den Gärten am Ziel,
befreit zum Zerfallen,
der Farben so viel.

NASSE ZÄUNE

Nasse Zäune
über Land geweht,
dunkelgrüne Stakete,
Krähenunruhe und Pappelentblätterung
als Umwelt.

Nasse Zäune,
Gartenabgrenzung,
doch nicht für Abkömmlinge
der berühmten Tulpe Semper Augustus,
die Paris im 17. Jahrhundert mit unerhörten Preisen
bezahlte,
oder die Hyazinthe »Bleu Passe«
(1600 fl. anno 1734) ,
man trug seinen Namen in ein Buch ein,
erst mehrere Tage später
führte einen ein Gartendirektor vorbei –,
vielmehr für die alten bewährten Ranunkeln Ostades.

Nasse Zäune,
Holzfäulnis und Moosansatz
in der Stille der Dörfer,
kleine Ordnungszeile
über Land geweht,
doch Schnee und Salze sammeln sich,
rinnen Verfall –
die alten Laute.

CLEMENCEAU

»Mit dem Blick auf das Ende
ist das Leben schön«,
der Blick lag auf den Rosen der Vendée.
Ferner:
»die Menschen haben keine Seele,
wenn sie doch wenigstens Haltung hätten.«

Ein überlegenes Gefühl zeigt folgende Bemerkung:
»es gibt Sterne,
die seit 2000 Jahren erloschen sind
und deren Licht wir noch erhalten.
Wenn man daran denkt,
ist alles in Ordnung.«

Über Kunst wusste er Bescheid.
Betreffend seinen Gutsnachbar Monet schrieb er:
»er hätte noch zehn Jahre leben müssen,
dann hätte man nichts von dem verstanden,
was er schuf,
auf seiner Leinewand
wäre dann vielleicht nichts mehr zu sehn gewesen.«

Witzig ist folgender Dialog:
»C.: er soll ein leidenschaftlicher Päderast
gewesen sein?
M.: nein, er spricht von Päderastie,
ohne sich zu erregen.
C.: was, er erregte sich nicht einmal?«

Hinsichtlich unserer Besonderheit scherzte er:
»die Deutschen sehen,
wie ein niedliches Tier im Wasser umhertändelt
und das nennen sie dann Meerschwein.«

Die Perspektive tritt an Stelle der Emphase;
fünfundachtzigjährig fasste er zusammen:
»nichts ist wahr. Alles ist wahr.
Das ist der Weisheit letzter Schluss.«

Oft war er in Griechenland gewesen,
hatte von der Akropolis Manches mitgebracht;
sein Testament schloss:
»auf mein Grab den Marmor aus Hellas.«

KLEINES SÜSSES GESICHT

Kleines süßes Gesicht,
eingesunken schon vor Vergängnis,
schneeblass und tötlich,
Ausschütter grossen Leids,
wenn du hingegangen
bald –

ach, wie wir spielten
entwicklungsvergessen,
Rück- und Weitblicke
abgefallen von unseren Rändern,
nichts lebend
ausser dem Umkreis
unserer Laute!

Beschränkt! Doch dann
einmal der astverborgenen Männer
Oliven Niederschlagen,
die Haufen gären.
Einmal Weine vom Löwengolf
in Rauchkammern, mit Seewasser beschönigt.
Oder Eukalyptus, Riesen, 156 Meter hoch
und das zitternde Zwielicht in ihren Wäldern.
Einmal Cotroceni –
nicht mehr!

Kleines Gesicht
Schneeflocke
immer so weiss
und dann die Ader an der Schläfe
vom Blau der Traubenhyazinthe,
die ligurische,
die bisamartig duftet.

ÜBERBLICKT MAN DIE JAHRE –

Überblickt man die Jahre
von Ur bis El Alamein,
wo lag denn nun das Wahre,
Kabbala, der Schwarze Stein –,
Perser, Hunnen, Lascaren,
Pfeile, Fahnen und Schwert –
über die Meere gefahren,
von den Meeren versehrt?

Wasser- und Sonnenuhren –
welche Stunde gemeint?
Welche Gestirne fuhren
häuptlings – Alles vereint?
Welche Wassercascade
bis in die Träume erscheint –:
jene Uhr als Dryade,
aus der es tränt und weint.

Waffen mit Lorbeer gereinigt
brachten den Sieg ins Haus,
Stirn und Lorbeer vereinigt
ruhten die Helden dann aus,
Lorbeer, Marmor, Pylone,
Gordon und Prinz Eugen,
goldene Städte, Zione –:
thanatogen –.

Palmen bei Christen, bei Heiden,
frühester Schöpfungsrest,
Palmen bei Myrten und Weiden
beim Laubhüttenfest,

Palmen an Syrten, an Küsten
königlich hoch und rein –,
doch dann wandern die Wüsten
in Palmyra ein.

Überblickt man die Jahre,
ewig wühlende Flut
und die dunkle Barke, die Bahre
mit Helden, Heeren und Blut,
und die Sonnen- und Wasseruhren
schatten und rinnen es ein:
alles deine Figuren,
Kabbala, Schwarzer Stein.

Sie standen bei der »Morgue« an meiner Seite,
Beim »Statischen Gedicht« wird's Ihnen schwer,
Doch lassen wir die Stunden u die Streite,
Welle der Nacht auf Strand u Dünenweite
»Die weisse Perle rollt zurück ins Meer«.

TURIN II

In deinen letzten Tagen
vor deiner letzten Nacht,
was hast du wohl für Fragen
in deiner Seele gedacht?

In Vor- und Nachgefühlen
den Vers, der nie verblich:
auf welchen schwarzen Stühlen
woben die Parzen dich?

Oder vor Drachentronen
hat dich der Pfeil erreicht,
wo Ming und Mandschu wohnen
und nie das Gold verbleicht?

Wo Schwarz und Gold sich trinken
wem Stuhl und Tron gebracht,
wohin kann der versinken –:
trug das dich in die Nacht?

ERINNERUNGEN –

Erinnerungen –, Klänge, nachtverhangen,
und Farben, die ein Wind vom Meer bewegt,
sind eine Traumumarmung eingegangen
zu einem Bild, das etwas Letztes trägt:

Ein Uferschloss mit weißen Marmorsteigen
und plötzlich eines Liedes Übermacht –,
die Serenade spielen viele Geigen,
doch hier am Meer in dieser warmen Nacht –.

Es ist nicht viel, – Viel trägt nicht mehr das Eine, –
nach einem Bogen greifen dann und wann –
ein Spiel im Nichts –, ein Bild, alleine,
und alle Farben tragen Bleu mourant.

Du liegst und schweigst und träumst der Stunde nach,
der Süssigkeit, dem sanften Sein des Andern,
keiner ist übermächtig oder schwach,
du giebst und nimmst und giebst – die Kräfte wandern.

Gewisses Fühlen und gewisses Sehn,
gewisse Worte aus gewisser Stunde –,
und keiner löst sich je aus diesem Bunde
der Veilchen, Nesseln und der Orchideen.

Und dennoch musst du es den Parzen lassen,
dem Fädenspinnen und dem Flockenstreun –,
du kannst nur diese Hand, die schmale, fassen
und diesmal noch das tiefe Wort erneu'n.

Werckshagen –: Ein Bruder, zwei Schwestern –
Lang her – wann war das doch –? –
Aber nein –, das war doch gestern –:
Ich höre ihr Lachen noch,
Ich sehe die dunklen Haare
und die Stimmen waren so froh –
ach, es sind doch wohl Jahre
vorbei – long, long ago . . .

»Im Tierkreis des Steinbocks geboren,
Im Lichtkreis Apollo's genährt,
Bestimmt u. dann erkoren,
Geprüft u. dann bewährt,

Die Meere, die Moore, die Mahre
Durchflügelte sein Schuh –
Und nun das alte Wahre:
Sweet home, – *Charlotten*-ruh.«

FÜR BERLIN

Wenn die Tore, aufgespalten
von den Wüsten, nicht zu halten
und die Burg im Sand verrinnt,
Jeder sieht hier etwas enden,
Jeder sieht sich hier was wenden
Keiner sieht, was hier beginnt,

Lass – die Farbe bleibt am Staube,
Lass – die Trümmer bleiben, glaube,
Löwen noch im Wüstensand:
wenn die Pfeiler niederbrechen,
werden noch die Splitter sprechen
von dem grossen Abendland.

BERLIN

Wenn die Brücken, wenn die Bogen
von der Steppe aufgesogen
und die Burg im Sand verrinnt,
wenn die Häuser leer geworden,
wenn die Heere und die Horden
über unseren Gräbern sind,

Eines kann man nicht vertreiben:
dieser Steine Male bleiben
Löwen noch im Wüstensand,
wenn die Mauern niederbrechen,
werden noch die Trümmer sprechen
von dem grossen Abendland.

Ach, wie mein Herz in neuer Trauer ruht,
wenn Sie von offenen Türen schreiben,
durch die vom Rasen Perlen treiben
terrassenwärts als Crocusflut.

Wenn Sie im warmen Regen stehn, –
Vorgänge, stille, Sie berühren,
die über Nacht zu Blüten führen,
um Sie so nahe niedergehn.

Der Selige, dem jetzt ein Park gehört
und übers Meer gekommene Quitten,
er sieht hinein, er lebt inmitten
der Dinge, sanft und ungestört!

MON CHER CAPRICORNE!

Giessen Sie das Blei,
Deuten Sie die Splitter
und Ihr Leben sei
weiter süss und bitter,

Giessen Sie das Blei –
ach, es wird nicht trüber, –
eine Träumerei
trage Sie hinüber.

KELCHE

Unfasslich sind die Kelche
der Blumen im Gewind,
man fragt sich, wo und welche
die rätselvollsten sind.

Sie stehen flach und gläsern
doch auch mit Knoll und Stab,
sie stammen von den Gräsern
doch auch vom Fleische ab.

Man kann sie nie erfassen
zweideutig, wesenlos,
Erglühen und Erblassen
in kaum verdecktem Schoss.

Was meinte Luther mit dem Apfelbaum?
Mir ist es gleich – auch Untergang ist Traum –
ich stehe hier in meinem Apfelgarten
und kann den Untergang getrost erwarten –
ich bin in Gott, der ausserhalb der Welt
noch manchen Trumpf in seinem Skatblatt hält –
wenn morgen früh die Welt zu Bruche geht,
ich bleibe ewig sein und sternestet –

meinte er das, der alte Biedermann
u. blickt noch einmal seine Käte an?
und trinkt noch einmal einen Humpen Bier
u. schläft, bis es beginnt – frühmorgens vier?
Dann war er wirklich ein sehr grosser Mann,
den man auch heute nur bewundern kann.

Wie ist das nur – ich will die Quitten sehn –
nun sind die Rosen da und blühn und eilen,
werde ich nie durch Ihren Garten gehn,
auf der Terrasse schweigend mich verweilen?

Werde ich nie an Ihren Deichen sein
im Blick das Bild der windgebogenen Bäume –
bald ist es Herbst, Madame, wir schlafen ein,
long, long ago die Glück- und Rosenträume …

RADAR

Ein Nebel wie auf See –
und meine Belle-Etage
fährt ohne Takelage
von Quai zu Quai.

Sie findet keinen Ort,
daran das Tau zu schlingen,
denn neue Wellen bringen
sie wieder fort.

Wie weit sind Sund und Belt
und schwer die Hafenfrage,
wenn – ohne Takelage –
noch Nebel fällt!

KÜNSTLERMORAL:

Nur in Worten darfst du dich zeigen,
die klar in Formen stehn,
sein Menschliches muß verschweigen,
wer so mit Qualen versehn.

Du musst dich selber verzehren –
gib acht, dass es niemand sieht,
und lass es keinen beschweren,
was dir so dunkel geschieht.

Du trägst deine eigenen Sünden,
du trägst dein eigenes Blut,
du darfst nur dir selber verkünden,
auf wem dein Sterbliches ruht.

AUF –!

Auf – drüben in den Weiden,
da will ein Gauch, ein Gang
uns das Geschäft verleiden
und unseren Rundgesang.

Da steht ein Unbekannter,
der wittert jeden Wind,
es ist ein schwarzer Panther,
der schlägt das Rind.

Sechs Büchsen und vier Panzer –
das Fell vors Vertiko –:
nun sind die guten Pflanzer
im Blockhaus wieder froh.

Wie sehn die Buchen im September aus
am Oeresund, dem Gardasee des Nordens,
an dem soviel Rittersporn blüht
wie sonst in ganz Europa nicht zusammen
und drüben Sverige,
das stolze Land.

Armer German sitzt am Wasser
fragt er etwas auf Deutsch
spucken ihn die Leute an,
fragt er französisch,
verstehn es die Leute nicht
u dänisch ist eine schwere Sprache
weich u süss wie Schlagsahne

Alter German,
lange auf Galeere gerudert,
wer auf Galeere sitzt
sieht die Wasser von unten
kann die Ufer nicht beobachten
die Möven nicht verfolgen
alles Schiffsbauch
Schimmelzwieback
Fussfessel,
Schlick Impressionen
für hohes Leben

DIVERGENZEN

Der Eine sagt: nur kein Innenleben
Höflichkeit, aber kein Gemüt,
das kompensiert nicht mehr
die unerträglichen, extrovertierten
Ausdrucksspannungen –
der cerebralisierten
City-Styxe

wenn mein Bub, das Strampelchen
sein Beinchen aus dem Bett streckt,
bin ich geliefert, das war bei Otto Ernst so
u ist es noch heute

Schwer vereinbare Gegensätze,
wenn man die Provinzen überblickt,
hat das Innenleben
das Übergewicht.

HERR WEHNER

Dies ist meiner
dieser Herr Wehner
der bei uns Hauslehrer war
früh an Lungenphtise verschied
nachdem er meinen jüngsten Bruder
angesteckt hatte,
der starb an meningitis tuberkulosa.

Stammte aus Lissa
Sohne eines Schmiedes
ging immer in Holzpantinen
was bei uns unüblich war,
seine Braut Liska
war einen Pfingsten bei uns
Tochter eines Polizeimajors
also was Besseres
sie kicherten oft abends
wenn die Mücken summten
und wir schlafen gehn mussten
aber, wie ich später hörte,
war es wohl doch nichts Rechtes.

Dieser Herr Wehner
ist insofern meiner
als er irgendwo begraben liegt,
vermodert in polnischem Kombinat,
keiner der Gemeindemitglieder
wird seiner gedenken,
aber vor mir steigt er manchmal auf
grau und isoliert
unter geschichtlichen Aspekten.

KLEINER KULTURSPIEGEL

Die Zeitalter wechseln langsam,
Tosca (1902) ist immer noch die Leidenschaft,
Bohème (1900) die Liebe,
selbst aus dem Schluss der Götterdämmerung (1876)
stürzen immer noch unsere Scheite.
Einiges blieb schemenhaft:
Iphigenie, V. Akt
(bei der Premiere 1779 spielte Goethe den Orest):
Thoas's Verzicht und Humanitas
hat sich politisch
nicht durchgesetzt.

Die Iden des März stehn in Zwielicht:
wenn eine neue Regierungsform hochwill,
muss die alte weichen.
Über Leonidas wird heute die Mehrzahl lachen
(ich persönlich allerdings nicht).

Ein Frisör, der wirklich gut rasiert,
(äusserst selten!)
ist bemerkenswerter als ein Hofprediger
(ich verkenne das Tragische und das Schuldproblem nicht).

Und sprechen Sie viel von der Lebensangst
zum Frühstück etwas Midgardschlange,
abends Okeanos, das Unbegrenzte,
nachts die Geworfenheit – dann schläft es sich gut ein –
Verteidigen will sich das Abendland nicht mehr –
Angst will es haben, geworfen will es sein.

Ein Schlager von Rang ist mehr 1950
als 500 Seiten Kulturkrise.
Im Kino, wo man Hut und Mantel mitnehmen kann,
ist mehr Feuerwasser als auf dem Kothurn
und ohne die lästige Pause.

(Das Quartär war der nach Innen gewendete Mensch,
jetzt kommt der triploide)
66 Chromosomen, Riesenwuchs –,

Und nun die neue Nationalhymne!
Der Text ganz ansprechend, vielleicht etwas marklos,
der nächste Schritt wäre dann
ein Kaninchenfell als Reichsflagge.

Persönlich unfruchtbar,
aber es wird schon werden.

Von Bremens Schwesterstadt
bis Sils-Maria –
ich hab das Alles satt,
die Vita mia,

weiss Gott, ich weiss nicht mehr,
was ich geschrieben,
ein Zug von d'outremer
hat mich getrieben,

doch jetzt kein Hafenglück,
man kehrt nicht wieder,
man sieht aufs Meer zurück
und senkt die Lider.

Was man nennt: Gedankengänge
die ganze Philosophie
das ist doch alles Gestänge
gegen eine Melodie. –
Sie wird die Zeiten tragen
die grossen Schlager von Meer zu Meer –
u wird die Trauer sagen,
unter der wir litten so sehr ...

Gram Wollust Zärtlichkeit,
wie mich die Schläge bewegen
ich kann es selbst nicht verstehn
Der Hafen von Adano
oder auch Lili Marleen
Höhe Tiefstand, – aber sie breiten
so sehr das Leben hin
Gram, Wollust Zärtlichkeiten
in einem menschlichen Sinn

EIN STILLER TAG

Ein stiller Tag, die Knospen tragen Zeichen,
ein warmer Regen, der die Quitten treibt,
jene kanadischen, die ohne Gleichen
ein Kapitän der Heimat einverleibt.

Weiterhin, weithin, in das ich mich versenke,
vieles vergessen, einiges gelernt –
ein stiller Tag für mich, denn ich gedenke
an einen andern Tag, der weit entfernt.

Von Tropen, Wüsten und Anden
das blonde Haar gebleicht,
Señoras von soviel Landen
haben ihm den Becher gereicht,

voll Pulque, voll Schnaps der Agaven,
voll Feuerwasser und Wein –
nun zieht er in Zürichs Hafen
zu Keller und Meyer ein.

Lasse Dich gerne verkommen
in Kneipen oder am See
sei von der Ferne benommen
von Fluten, Fluten voll Schnee

wo Form ist ist schon Sterben
da ist es für Dich zu spät,
Du wächst nur, wo Verderben
durch deine Seele geht –

u hüte Dich, dies zu sagen
es gilt für Dich allein
du musst es wissen u fragen
u im Geheimnis sein

Wer am Leben bleibt, ach der vergisst
u wer stirbt, der braucht nicht zu vergessen
so ist jedem zugemessen
was für seinen Stand das Beste ist

Wer die Blumen sieht in Feld u Beet
freut sich über die so unverständlich,
u wem ein Unheil wird erkenntlich
innerlich, ist auch so angeweht –

Thilo (so goldgezähnt hinter sinnlich schweifender Lippe)
Koch (der uns alle am Grill röstet des N.W.D.R.)
Thilo Koch – er dichte nur zu, dann sind in der nächsten
grossen Anthologie *seine* Verse zu sehn!

Das Haus in Bremen,
das ich nun wirklich sah,
bisher ein Schemen,
mir nur im Geiste nah –

Das wird nun dauern
in steter Wiederkehr:
die weissen Mauern,
die Bäume, alt u. schwer. –

Wenn Sie zwischen Punsch und Pfefferkuchen
In dem stillen Haus in Oberneuland
Einmal eine Stunde Kurzweil suchen,
Neues fragen oder Altes buchen,
Nehmen Sie die Blätter in die Hand.

Zeh war Apotheker
oder gab sich dafür aus,
Es waren friedliche Zeiten, man fragte nicht genau
aber als eine andre Woge kam »stellte man fest«
u das trug zu seinem Tode bei

Zeh zauberte ohne Gleichen
Pulver u Tabletten aus den Fächern
nicht dass er sie anpriese
man war von vornherein überzeugt
dass sie heilen würden.

Zeh hatte ein Entfettungsmittel gebraut
Zeean, das brauchte man kaum zu nehmen,
schon in der Tasche war es wirksam,
man schmolz schon hin.
Dies Gebräu der Apotheke hatte er an eins der
Ladenfenster geklebt.

Was da sonst noch zu sehen war
an Kräutern, Mörsern, Dialogischen Hinweisen
für Tag- u Nachtereignisse unfälliger Art
war nicht zu schildern.
unübertrefflich *suggestiv*
psychosomatischer Hinsicht

man würde ihn nie mehr auffinden
Kinder vacant
Grab längst weitervermietet

RADIO

I

»– die Wissenschaft als solche« –
wenn ich derartiges am Radio höre,
bin ich immer ganz erschlagen.
Gibt es auch eine Wissenschaft nicht als solche?
Ich sehe nicht viel Natur, komme selten an Seen,
Gärten nur sporadisch, mit Gittern vor,
oder Laubenkolonien, das ist alles,
ich bin auf Surrogate angewiesen:
Radio, Zeitung, Illustrierte –
wie kann man mir da sowas bieten?

Da muß man doch Zweifel hegen,
ob das Ersatz ist für Levkoien,
für warmes Leben, Zungenkuß, Seitensprünge,
alles, was das Dasein ein bißchen üppig macht
und es soll doch alles zusammengehören!

Nein, diese vielen Denkprozesse sind nichts für mich,
aber es gibt volle Stunden,
wo man auf keinem Sender (Mittel-, Kurz-, Lang-
und Ultrawelle)
eine Damenstimme hört (»erst sagt man nein, dann
vielleicht, dann ja«),
immer nur diese pädagogischen Sentenzen,
eigentlich ist alles im männlichen Sitzen produziert,
was das Abendland sein Höheres nennt –
ich aber bin, wie gesagt, für Seitensprünge!

II

»– würden alte Kulturbestände völlig verschwunden
sein –«
(nun, wenn schon)
»– klingende Vergangenheit –«
(von mir aus)
»– in den Orten Neu Mexikos
segnen die Farmer ihre Tiere und Felder
mit diesen Liedern –«
(angenehm,
aber ich meinerseits komme aus Brandenburg
kaum heraus).

Wir hören Professor Salem Aleikum,
der Reporter beliebäugelt ihn noch:
»der Professor liegt auf der Terrasse seines Hauses
die Laute im Arm
und singt die alten Balladen« –
wahrscheinlich auf einer Ottomane,
Eiswasser neben sich,
widerlegt Hypothesen, stößt neue aus –

die größten Ströme der Welt
Nil, Brahmaputra oder was weiß ich,
wären zu klein, alle diese Professoren zu ersäufen –

ich habe kein Feld, ich habe kein Tier,
mich segnet nichts, es ist reiner Unsegen,
aber diese Professoren
sie lehren in Saus und Braus
sie lehren aus allen Poren
und machen Kulturkreis draus.

DER GEDANKE

Der Gedanke –
anderthalb Meter reicht er,
eine Dose Daten erschleicht er,
aber sonst – ?

Zum Beispiel Schafzucht,
ein Erdteil lebt davon,
dann kommen die Ersatzstoffe
und die Mufflons sind k.o.
Ursache: die asozialen Erfinder,
besessene Retortenchefs –
Fehltritte der Natur.

Oder die Wissenschaft
so eingleisig
ganz aus angelsächsischem Material.

Oder die Essaywelt,
einer webt den anderen ein
unter Aufsicht der Gewerkschaft.

»Sie kann man nicht mehr ernst nehmen« –
Gottseibeiuns – wunderbar!

Aber Eines ist die Wirklichkeit der Götter,
vielleicht aus trüben Quellen,
aber wenn sie da ist,
voll Erinnerung an Jene,

den Namen nenne ich nicht.

AUFATMEN

Spannungen, Zerfallenheiten
direkt pelzgefüttert
und dann sieht man:

– – »Zwei gesunde Schnäpse trinken
kalte
klaren Köhm
das Bier heben
soliden Blicks
schaumgeboren
unzerstört ohne
Irritationen
Zwischenstufen
Abbauprodukte,
reiner Abendausklang
musikmitwiegend
etwas muffig, aber
gebisssicher
undunstig
unschwitzig
rückentrocken

Mitte des Lebens,
Fleisch, das die Nacht durchsteht
schlafeingekränzt
reich behangen« – –

Aufatmen!

Bis wieder die Verlustziffern
Spannungen
Zerfallenheiten
direkt pelzgefüttert.

ORDNUNG

Antlitze mit Verzichten
um Schläfe oder Mund
das lässt sich nicht vernichten
es tut das Ewige kund

Männer, die nicht rauchen,
sie rechnen nicht mit Gewinn
sie wollen es für andre verbrauchen
geben es hin –

Es steht ein Mond in den Weiten
Du möchtest in Saus u Braus
Durch die Nacht die fiebernde schreiten
u. gehst still nach Haus –

Es sind die Züge der Stille
Der hintergründigen Welt,
Dass Ordnung Last und Wille
in Eins zusammenfällt

SCHÖNER ABEND

Ich ging den kleinen Weg, den oft begangenen,
und diesen Abend war er seltsam klar,
man sah ihn schon als einen herbstbefangenen,
obschon es mitten noch im Sommer war.

Die Himmelsblüte hatte weisse Dolden,
die Wolken blätterten das Blau herab,
auch arme Leute wurden golden,
was ihrem Antlitz Glück und Lächeln gab.

So auch in mir, – den immer graute
früh her, verschlimmert Jahr und Jahr
entstand ein Sein, das etwas blaute –
und eine Stunde ohne Trauer war.

»ÉVÉNEMENT NÉGRE«

Wer Verse schreiben konnte
wie ich sie schrieb
den hatten unbesonnte
Jahrzehnte lieb

Der hat zwar kaum gegeben
doch es war nicht Tiefe u Tausch,
Es war mehr Laster als Leben,
gesuchter Rausch

Doch einige Stunden blieben,
einige Tränen u ein Grab,
wozu genug – vorbei vergessen
und dann hinab.

MELODIE

Ich sterbe an diesem Sommer,
sein wolkenvoller Verlauf,
nur wenige Tage glomm er
etwas glühender auf.

Mein Herz schlug so zerschlagen,
dass es am Ende war,
wenn die Radios immer sagen
ihre Sprüche von Millibar.

Nun kommen die Raben geflogen
– mit Odin flogen sie hell, –
dunkel nach Norden gebogen,
schwarze, undeutbare Wogen –
noch nie geschaute – fare well.

ERST – DANN

Erst Wahn von Grösse
mit Kronen besteckt,
dann nichts wie Blösse,
die niemand bedeckt.

Erst in Gewittern,
in Räuschen und Rauch
und dann das Zittern:
durftest du auch –?

Und am Schlusse des Wahnes,
man sagt es nicht gern:
Domini canes –
Hunde des Herrn.

HÖR ZU:

Hör zu, so wird der letzte Abend sein,
wo du noch ausgehn kannst: du rauchst die »Juno«,
»Würzburger Hofbräu« drei, und liest die Uno,
wie sie der »Spiegel« sieht, du sitzt allein

an kleinem Tisch, an abgeschlossenem Rund
dicht an der Heizung, denn du liebst das Warme.
Um dich das Menschentum und sein Gebarme,
das Ehepaar und der verhasste Hund.

Mehr bist du nicht, kein Haus, kein Hügel dein,
zu träumen in ein sonniges Gelände,
dich schlossen immer ziemlich enge Wände
von der Geburt bis diesen Abend ein.

Mehr warst du nicht, doch Zeus und alle Macht,
das All, die grossen Geister, alle Sonnen
sind auch für dich geschehn, durch dich geronnen,
mehr warst du nicht, beendet wie begonnen –
der letzte Abend – gute Nacht.

EIN SEE

Immer füllst du dich neu,
See, den die Trauerweiden,
Schilf und Rohre umkleiden,
eben den Ufern treu:

Ufern – Kiesel im Sand,
einem feuchten, glänzenden, hellen,
doch schon beginnst du zu schwellen,
denn die Flüsse im Land

wenden zu dir den Lauf,
füllen dich – Tränen das Wasser
Verlassener und Verlasser,
trinken die Ufer auf.

Wasser, das zögernd spricht,
dunkles, derer und dessen,
sein Wort heisst: »willst du vergessen?«
»Nein, ich will es nicht.«

Ein kleiner Band, vergilbte Seiten,
und schon das Meiste alt u. abgeblüht,
es ist der Tag, es sind die Zeiten
des Aprèslude –

Was Du u ich getrieben
bevor Du zu mir kamst
ist weit in Fernen vergessen
als Du mich nahmst.

wer weiss an welchem Gotte
Du sonst gesättigt Dich
Ich bin eine Bagatelle
Doch heute trinkst Du mich.

Ich bin eine Bagatelle
Ich bin kein Grand Plaisier
doch heute bin ich: Elle
u Du kommst zu mir.

POETISCHE FRAGMENTE
1930–1955

1930/1933

Schilfmatten zwischen Pfosten
mit Pech u Schlamm daran
das war das Haus im Osten
in Ur, wo es begann

Ein Duft von Apfelsinen
bricht durch die Zäune hin
ach u das Summen der Bienen
seit allem Urbeginn –

all das Dunkle u das Tränensüsse
das man in Todesstunden lallt.

Die Rosen liegen im Schatten
und sind so kühl –

wo Tage sind
Traubentage
Schwellen, süsses Rund

nur der Tod, der uns lockert,
nur das Graun, das uns reift –

Nimmt man die Reisebücher in die Hände
den Inseratenteil der Bäderwelt
Da giebt es soviel sonniges Gelände,
Auch soviel Waldungen u

Im Kursaal Kino, auf den Fluren Sporte
u auf den Fluren Golf
Die Blutdruck wie die Frauenleidenorte
Liegen so weich im Taunus u bei Genf

Komm, nimm das Behmsche Echo-Lot
wie weit sind noch die Fluten (des Styx) –

von Blut u Leichen nass
die alten Völkerpforten
Ting-ling u. Khaibarpass

der Teppich der Sassaniden
der 100 m wies
Korunde u. Jaspiden
gestickt als Paradies.

Kaum schon an Wässern an stillen,
dunklen von Blättern bestreut –

Durch rote Schatten und durch blaue Schatten
durch süsse Töne, die das Herz ermatten

das Zarte, Innige, Weiche
dem Glauben sich Ergebende
Wir sehen es nicht, aber da wir es in
uns fühlen, wollen wir sagen: wird es vielleicht auch
bei den Göttern sein

Der Du
Göttergestalten
stygische Gewalten
der alle Stiere getragen
u allen Schlangen zum Biss
dein Hirn hast hingeschlagen
vergiss –

Kann es Dich noch erreichen,
was aus den Gärten drang . . .
die kleinlichen Finessen
und nur das Eine
das eine ist gewiss:
das Du so lange vergessen –
vergiss –
vergiss die Trauer auch
oder die Städte erglommen
sphinxblau

der tiefe Blumengeruch des Glücks
die Auflösung mit

Die Stimme, die mich riefe
ist nicht mehr aufgewacht
im Schweigen kommt der tiefe
Blumengeruch der Nacht.

Parias, Tschandalen
Abdecker – odemtrüb

Es liegen die Nekropolen
am Wasser, das ewig rinnt.

auch Du bist Mahadewa
Der Gott der Tränen, des Tods . . .

Einmal der Widder der harte
der Mann aber deutet u weiss
dann die Hure Astarte
jedem Samen preis,
Amphimaxie der Dinge –
lautlos u ohne Sinn
blüh von fern Syringe
die Dolde hin.

Alle Länder sind Träume

Wasser kalte Maren
uralt sind
die Bäume fliehn in Scharen
gebeugt von Schnee u Wind.

neu
immer die alte, immer die süsse
liebedurchwehte weisse Spreu.

mich interessiert das Interessante nicht
ich bin mir selbst das einzige Gewicht

ich sehe Dein Gesicht wie einen Traum

alleine
Thermopylen-Moral
wie das Gesetz das Deine
wie das Gesetz befahl . . .

Um was dämmert es so?
wenn im Haus die Räume
die schon so fremd wie Träume
anderswo –

Um was sinkt so die Nacht?
alles vom Schicksal gebunden
u den Wunden
wo die Schatten nie
endet
Traum über Orthygie, –
wo die Sonne sich wendet

war neu denn deine
alle die Glücke
war neu denn deine Pein –
die Lust- u Trauerstücke
für Dich allein

u. einer Frau mit sanften Beinen
hat man des Abends sich vereint –

es ist ein Garten da vor allen
mit Becken drin, ein Wasserreich
mit Blumen auf den Grund gefallen
ausgespart
der Herr der Geyer u der Schwäne

Und nichts mehr, das uns deute,
unser Meer ist die Nacht
wir sind einander die Beute
die weisse Fracht . . .

Es ist nichts mehr zu finden
wir haben die Stille der Blinden

u alles so sinnlos
u alles so weit
drohend Ende:
Unendlichkeit.
schwarze Rosen
ein finnisches Lied.

die Trauerstunden
Du weisst es wohl.

Ach es ist ja keine Dichtung
in welchen Graden der Vernichtung
man die Dinge sieht.

Es giebt nichts als die Stunde
die gerade geschieht
Es giebt nur die Runde
die Dein Auge sieht
Was dahinter steht lass schweigen
was darüber steht lass ruhn
dunkle Reigen
die niemand vergisst

wenn je sie riefen
ausgespart
zu den dunklen alten tiefen
Melancholien

Wer hat mich zu Grunde gerichtet
so einsam
so traurig gemacht so vernichtet
das Leben,
das Unaufhörliche

Der Arglose
ist von Gott verlassen
nicht der Böse

Der Wehrlose wird ausgestossen
nicht der Schlechte

Edel sei der Mensch
Hilfreich und gut
solang es die Verhältnisse erlauben
aber sofern ein Umschwung eintritt
aber das ist der Mensch
32 Lustmorde
gut Essen u Trinken
u nachts
ein gesunder Schlaf.

Das Gerede vom Abschaum
der Menschheit
ist grotesk.
Das Richtbeil wird geschändet
sagen die Humanen
wie denn?

dann fort mit dem
blutgenährten Maul
den Trinkerlippen
ja Durst u Liebe
neue Sphären
unbekannte

»Da vergeht die Jugend drüber« –

Gieb Schnee ums Haus. Verschüttete Gefilde.

Dein Kind in weiter Ferne
u ein Herbsblatt weht ins Haus
das sind die Abendsterne

Dein Haupt in Masken
ausgespart
                    das nie gewesen ist
in die Nacht halten

Man erfährt zu spät, um
was man eigentlich litt –

Niemandes Vater
niemandes Sohn
ausgespart
schon.
spät erst erfahren,
um was man litt

ja an den Tod zu drängen
mit Dir, sein Scharlach, ein Scharnier
selbst wo die Schauer schwängen
aufs Haupt hinab mit Dir

1933

Rundbogen blicken zur Erde
Spitzbogen blicken Gott an
tragen den Traum, das Werde
das nie enden kann –

NOCH BEI LEBZEITEN:

Hier hast du nun gewohnt in dieser Stadt . .
ein grauer Nebel morgens Dunst u Räuche
das also ist das Wunder,
von dem man nun so oft gesprochen hat
tierisch u. von keinem Licht erleuchtet
zieht er   seine   Bahn –.

Eine Ägypterin ging durch das
Alles, ein grüner Kamm bedeckte ihr Haar –

Acheron mit flachen dunklen
Ufern, gähnend Unendlichkeit
u Trauer

sollte den Sommer ich nennen
                    Levkoie, Du

Wenn ich den Sommer malen sollte,
den schweren der Gärten
würde ich Levkoien malen

Du weisst, dass es nicht von denen kommt –
ausgespart
Du weisst, dass es nur jenen frommt.

fragen Sie mich nicht, was arbeiten sie,
Sie, fragen Sie höchstens: was kommt
Ihnen –

u keine war den Armen
wahrhaft untertan –

Siehst Du das gleiche Licht
ist es bei Dir auch so
aus Meer und Wassern steigen
Dunkelheiten, die schweigen

der Trauerzug der Boote
die

schaffen Sie aus Ergebung
oder
aus Überhebung –

Wir sind   keine Sachen
                        kein Loos
was wir aus uns machen
das ist gross

Orakel Schilder
haben keinen Sinn
der Wille stellt die Bilder
der grossen Völker hin

»– auch nicht der kleinste Kreis, den du da siehst,
der nicht im Schwunge wie ein Engel singt,
im Chor der hellgeäugten Cherubim.
so voller Harmonie sind ewige Geister.
Nur wir, weil dies hinfällige Kleid von Staub
uns grob umhüllt, wir können sie nicht hören«.

in kleinen Liedern
liegt grosse Sehnsucht
u weite Träume,
die auferstehn . . .

hinten vom Flügel sah ein fernes
Gesicht durch den Raum,
stumm schräg gestellt –

1934

wenn die Gezeichneten sprächen
aus der Hölle, aus dem Himmel aus dem Nichts,
sie das Schweigen brächen
als Stimme des Gerichts – –

Doch was man träumt
will man auch werden
u was man hofft, will man auch sein –

Denn vor jeder Selbstzerstörung
Steht die grosse Selbstbetörung –

erst die grosse Selbsterhörung
dann die tiefe Selbstzerstörung . .

»was du dir merkst, das schmiede,
was Du dir nimmst, das raub,
lachst Du, lache im Liede
u wo Du weinst – da glaub'.«

ein wenig Rauch
aus einem Pappendach
das war es auch
was mir die Seele brach

Du wirst nicht wissen, wer verführt
Er Dich oder Du den andern,
Du wirst nicht wissen, wer Dich berührt,
Die Hände wandern . . .

1943

so sahst Du über die Erde
u hast die Welt gedacht
Meergrau u Inferno verde
der Urwaldnacht –

Orangen u Karnivore
das ist Bahia, am Meer,

u grosse Schwärme der Falter
ziehn von den Gräsern her
ein Tag überall
u in der Nacht ins Meer –

Dunkle Männer, dumpfe Müsser
schlagen sie in Dann u Wann
Sommervögel, Blumenküsser,
Falter stäuben sie hinan

Keim der Dinge, Korn der Seele
Ewig Du in Schuld u Fehle
Ewig Du im Gral des Ich
Ewig Du im Opferrauch

Du fährst auf grossen Routen
Durch Wechsel, der benimmt,
indess in Staub u Gluten
der Arbeitsort verglimmt

1946

In welche Formen wirst Du mich verwandeln
auf welche Sterne wirst Du mich verwehn
mit welchen Kräften wirst Du in mir handeln
u dann mit welchen Tränen wieder gehn?

Kunst ist die Wirklichkeit der Götter ...
ist Nordlicht. Nähere Erklärungen
z Z nicht möglich

Wenn die Materie in sich selbst verbrennt
u der enttrübte Geist sich selbst erkennt ...
Wenn aus den Blöcken, heut zu Stein verdammt
der neue Stoff, die neue Flamme flammt

Hortensie, stille stehende
in eigenem Traum, in Sucht
die Winde, drüber wehende
die Farbenschlucht

Kein Liebesstrahl, kein Freund- u Menschheitsschimmern
Ein Gang vors Tor, Schweigen in den Zimmern –
Kein Blick nach Vorwärts und kein Blick zurück –

Warum Du warst – Du wirst es nie ergründen
noch was in Dir sich brach u dann verschied
u nur das Ende fühlst Du ohne . . . . .

1947

Darfst Du Dich noch entfalten
oder musst Du schweigend hinab
im Schweigen der Uralten
von Tibet oder im Grab
Zählt für Dich schon zu den Sünden,
dass Du noch Formen siehst
Worte, Laut, Tonverkünden –
etwa Du die Geige spielst?

will nichts als Sein Dein Schweigen
still wie Blut u
Ausdruck zeigen . .
extrovertiert . .

schweigendes Nichts
sendet das Sein noch her:
Trenne Dich nicht von den Blüten
Hebe Dich nicht vom Meer
nimm die Rinde zum Munde
welche den Stamm umpresst
leide die Abendstunde
vor dem grauen Geäst.
wohin kannst Du gelangen
niemals

1949

Du im Wandel, Du im Wenden
Kannst Dich irren, aber darfst nicht ruhn
denn wem gegeben ist, sich zu vollenden
der muss das unter kalten Grenzen tun.

Auch die eigenen Dinge wandern
ich will nicht sagen: ins Nichts
doch sie waren schon früher bei andern
und im Leuchten ferneren Lichts –

ob es schön oder nicht schön ist, ist mir gleich,
wo ich bin, wird es immer düster sein,
ein blaues Meer, ein goldener Himmel, auch sie
werden voll Schatten u. Dunkel sein –

Ein Geläut in einer Stadt, – die Tage
sind nicht gut, ein Klang der fast erschrickt,
ein archaische Gelage
in das man sich vielleicht –

Weiss man denn, wofür die Glocken läuten
für so ferne Dinge, längst vorbei
fühlt man noch, was Kreuz u Kranz bedeuten
Rosenkränze, Kelche, was es sei

welche Inbrunst, welches Gottsichweihen
alles schuf in Gold u Samt
u der Hölzer perlgeschnitzte Reihen
zu den Kränzen, die die Hände drehn

Alles lebt verloren auf dem Grunde
so vergangen alles, doch ich bin
auch in Neuem nicht u nur die Stunde,
wo die Glocke läutet – denn: wohin?

1952

– ein kurzes Schlittenglück,
die Sonne nahm sehr bald den Schnee zurück,
sie hielt den Arm, die Innenhand nach oben,
bis an des Tänzers Schulter hochgehoben

diese Erdbewohner, die Stimmen, mit denen sie
singen, die Hunde, die neben ihnen auf der Bank
liegen, ihre Schnapsgläser, die sie wie in
einem grossen Auftrag leeren –

Ach wie dumpf ist die Erde
mit Äckern u schweren Seen,
um die der Hirte, die Herde
in Nebel ertrinkend stehn –

Ja weisse Blüten sah ich oft u kenn ich
sie sind vom Schneee der Unendlichkeit

Tröste Dich: Immer wieder
nach deinen Verfehlungen u Sünden
die Reinigung durch Wort u hohe Lyrik,
erhabne Gewalt
aus Gottweisswoher

es ist ein grauer Reigen
der zwingt Dich in sein Joch
z B die Neige
Kannst Du das noch?

es wird so sein, es wird nichts andres geben:
zu Menschen schweigend und zu Göttern kühl,
doch willst Du weiter aus Dir selber leben
verliere nie das grosse Schuldgefühl.

Wo sollst du glauben?
Du siehst so gut
Kinder, Pudel, Tauben
sind in einer Hut

wer kann u will u darf das Dunkel deuten
den grauen Frost, die Gärten trüb u leer – –

Du willst noch Ziel, Du willst noch Glück
armseliger Basaltschmarotzer
Du hast nichts als Dein Kleidungsstück
ausgespart
gut, reisse Dir die Flanken auf

Ein Volk, das untergeht
muss Lieder spielen –

Lasse Dich gern verführen
doch schütze immer dein Sein,
lass nicht dein Magma berühren
lass das im Dunkel allein

Die alten Büchsenmacher
kannten des Kernes Kraft,
sie sagten, die Läufe zielen
es trifft der Schaft.

die Welt ist kein erweiterter Uterus
so warm liegt sich's da nicht –
ausgespart
die Flamme im Fallen fangen

sich selbst als Staub von den Stiefeln schütteln
heller Staub, von Sommerwegen –

Wenn mein Name als tot gemeldet wird
wird die Welt aufhorchen
(wird sie das wirklich?
Sie wird drüber hinweglesen
muss man eher vermuten
jedenfalls wird sie eher aufhorchen wenn
ein Ehepaar seine Kinder Niobe
u Laokoon nannte.)

Du musstest manches Verbrechen
u Irren u Stolz begehn
um zum Schluss zu sprechen:
Etwas lässt sich verstehn:

Es blättert von den grossen Worten ab
u auch von Jenen, die Dein Ich Dir gab

hellblaue Blumen müssten es sein

u dann ist es vorbei, das ganze Leben ist
vorübergegangen wie
ein Nachmittag

1953

Ein Tag ohne Tränen ist ein Zufall
eine Gedankenlosigkeit
schon eine Manie

dem zur Ehre
das sich sehr verdeckt
dessen Fülle dessen Leere
uns so sehr erschreckt –

nun geht der Körper los
mit Durst u Angst u Triebgetos

Ein dunkler Tag mit schweigenden Hortensien
ja festgebannten, da kein Zug sie regt

Als man noch schlechte Kragenknöpfe hatte
mit Schmerzen hinkte, um die Zehen Watte
da man noch nichts von Pedicure geahnt
angebahnt
u fand Gesichter, die man noch bestaunte
es waren Jahre, wo noch etwas raunte

1954

Es waren graue Häuser
in denen man so gelebt,
gewebt, gewirkt, geworden
die grauen Häuser im Norden

u die nach uns kommen, die werden
durch dieselben Häuser gehn
gewebt gewirkt geworden
mit Strassen u Borden
u, Balkon zu sehn –

wo wucherst Du eigentlich hin
aus einer Knolle voll Gifte
Durch Kletten u Nesseltrifte
bestimmt nicht in den *Sinn*.

1955

30 x unter Qualen die Zähne plombieren lassen
100 x Rosen aus dem Süden gehabt
4 x an Gräbern geweint
25 Frauen verlassen
2 x die Tasche voll Geld u 98 x ohne Geld gehabt,
Schliesslich tritt man in eine Versicherung ein mit
12 50 pro Monat um
seine Beerdigung sicher zu stellen

Oder die 3 Takte von Tschaikowsky
die man durch 3 Etagen erkennt

was bist Du? Ein Symptom
ein Affe ein Gnom –

eingenistet in die Sommerstunde
das Gewürz von   u Wald –

Jung, ich als Hirt gegangen
Ich sehe noch das Feld
die langsamen, die langen
das mahlende Gebiss

O nimm mich von der Erde
sie ist nicht mehr der Ort
für meine Herde
nimmt alles fort –

Er sitzt an seinem Schreibtisch mit Notizen
Er döst u schweigt u fasst manchmal ein Wort
kritzelt es hin, zwei Reihen, zwei Novizen
von Reimen, sucht dann einen Ort
von dem aus sich die Kobra u. der Sport
La vie est belle – da ist die Corniche d'or

Ich bin nicht innerlich
ich bin nicht weise
u doch empfinde ich
gewisse Kreise

Ich werfe Haken aus
die Angelleine
manchmal kommt ein Fisch ins Haus
u wird gebraten
noch öfters keine –

man halte Optik feil
doch auch den Busen
Glück auf u Petri Heil
dem Herrn Holthusen.

Ich bin nichts Offizielles –,
ich bin ein kleines Helles

Liebe alte deutsche Seele
von Jahrhunderten durchtränkt
ob nicht doch Dir etwas fehle
hat mich manchmal was durchdenkt,

unpersönlich aufgestiegen
sicher nicht aus Haus u Heim
mehr
persönlich
ausgespart
u ich frage nur einmal
sind dies nur Moräste
die für den Spaten taugen?

ANHANG

EDITORISCHER BERICHT

Die Stuttgarter Ausgabe der ›Sämtlichen Werke‹ Gottfried Benns enthält die vom Dichter veröffentlichten und hinterlassenen Texte in der jeweiligen Fassung letzter Hand. Der Editionsplan sieht vor:

Band I: *Gedichte 1 (*Gesammelte Gedichte *von 1956)*
Band II: *Gedichte 2 (1901–1956)*
Band III: *Prosa 1 (1910–1932)*
Band IV: *Prosa 2 (1933–1956)*
Band V: *Dialogische Formen (1910–1955)*
Gesamtregister

Der erste Band respektiert die von Benn getroffene Auswahl und Anordnung seiner Gesammelten Gedichte *aus dem Todesjahr 1956. Der zweite Band trägt die zu Lebzeiten zwar einzeln veröffentlichten, aber von dieser Sammlung letzter Hand ausgeschlossenen Stücke nach, bietet unter den ›Gedichten aus dem Nachlaß‹ eine Anzahl bisher noch unbekannter* hinterlassungsfähiger Gebilde *und als ›Poetische Fragmente‹ jene lyrischen Notizen, die sich nicht der Textgenese vollendeter Gedichte zuordnen ließen. Beide Bände sind aufeinander bezogen; sie beschreiben im Anhang die wechselnden Gruppierungen der Zyklen und stellen so auch die bibliographische Chronologie des Gedichtwerks wieder her. Im dritten und vierten Band wird die herkömmliche Gliederung nach Gattungsbegriffen wie Novelle und Essay, Rede oder Autobiographie, weil sie dem Charakter des Prosawerks nicht entspricht, durch eine Anordnung nach den Daten der ersten Veröffentlichung bzw. dem Abschluß eines Textes ersetzt. Der fünfte Band vereinigt, ebenfalls in zeitlicher Folge, die fiktiven Dialoge und expressionistischen* Scenen, *den Text für Paul Hindemiths Oratorium* Das Unaufhörliche *mit späteren Singspielentwürfen und die Hörspiele. Benns zahlreiche, den Zeitungen, Radio- und Fernsehanstalten gewährten Interviews und öffentlichen Streitgespräche werden dort in einer eigenen Abteilung zusammengefaßt. Ein für die Stuttgarter Ausgabe neu erarbeitetes Gesamtregister erschließt das Werk nach Texten, Personen und Sachen.*

Die Edition fußt auf dem Nachlaß Gottfried Benns im Besitz von Frau Dr. Ilse Benn, den die Deutsche Schillergesellschaft im Hinblick auf eine künftige kritische Gesamtausgabe bereits 1968 durch Harald Steinhagen katalogisieren ließ. Neben regelmäßigen Einzelerwerbungen von Benn-Autographen gelang dem Deutschen Literaturarchiv 1980 auch die Übernahme der Sammlung F. W. Oelze. Hinzu kam 1984 als Depositum der Verlagsgemeinschaft Klett-Cotta das Limes-Archiv mit den seit 1948 dort verwahrten Satzvorlagen der Benn-Drucke und den für die Textgeschichte unentbehrlichen Korrespondenzen.

Der Anhang eines jeden Bandes berichtet über die ENTSTEHUNG *eines Textes mit Daten und Phasen seiner Niederschrift. Die* ÜBERLIEFERUNG *verzeichnet die ermittelten handschriftlichen, typoskribierten und gedruckten Textzeugen (ausgenommen bloße Abschriften, Nach- und Doppeldrucke) von der ersten Notiz bis zur letzten vom Autor kontrollierten Publikation. Vorstufen eines Textes werden innerhalb der* LESARTEN *in der Regel vollständig geboten. Die formale Wiedergabe der einzelnen Handschrift hatte dabei von der Wort für Wort abwägenden Arbeitsweise Benns auszugehen. Sie ordnet die verworfenen oder als Alternativlesart erkennbaren Stufen in der vermuteten zeitlichen Reihenfolge ihrer Fixierung synoptisch untereinander. Mit Gründen verzichtet wurde auf eine detaillierte Beschreibung des graphischen Befundes (der Papiersorten und -formate, des Erhaltungszustands etc.); da sich die Originale oder Fotokopien der benutzten Vorlagen in Marbach befinden, genügt zur Identifizierung ein unverwechselbares Kennzeichen wie Benns Schreibweise von Daten und seine Signatur. Der lemmatisierte Apparat verzeichnet die punktuellen Abweichungen der Überlieferungsträger voneinander: Interpunktion, Orthographie, Streichungen und Einschübe. Zwischen den Handschriften, Typoskripten und Drucken schwankende Schreibung von* ss *statt* ß *und* u.|u *statt* und *blieb dabei unberücksichtigt. Grundsätzlich korrigiert, weil sie den Vers zerbricht, wurde die vom Limes-Verlag seit 1954 durchgeführte Großschreibung nach einem Doppelpunkt. Die zahlreichen Korruptelen, wie sie insbesondere die Erstdrucke der Texte Benns entstellen, werden nachgewiesen und emendiert. Um nicht wichtige Varianten zu begraben, lassen sich bei den Prosabänden redaktionelle Bearbeitungsschichten des jeweiligen Überlieferungsträgers berichtend vorausnehmen. Die* HINWEISE *bieten, dem Forschungsstand und der Erläuterungsbedürftigkeit eines Textes entsprechend, Verständnishilfen als Grundlagen der Interpretation. Auf die Erklärung von lexikalisch leicht Findbarem (Eigennamen, historische und mythologische Bezüge, Begriffe aus Fachsprachen) durfte verzichtet werden. Nachgewiesen sind wichtige Selbstzeugnisse, Stoffquellen, Zitate und der publizistische Zusammenhang.*

In seinem Marburger Vortrag Probleme der Lyrik *erinnerte sich Gottfried Benn 1951, wie er als achtzehnjähriger Philologiestudent eigene Gedichte an die Redaktion einer Berliner Zeitschrift gesandt und dann* zitternd einige Wochen auf das Urteil *gewartet habe. Ihre Einschätzung durch Otto von Leixner, den Herausgeber der ›Deutschen Romanzeitung‹, wurde dort innerhalb der Rubrik ›Briefka-*

sten‹ am Schluß von Nr. 33 vom 14. Mai 1904 veröffentlicht; sie lautet: »Stud. G.B. in M. Warmes Gefühl, unzureichender Ausdruck. Vermeiden Sie auch die Elisionen: ›woll'n‹, ›soll'n‹, ›spiel'n‹. Das macht die Sprache sehr hart«.[1] *Ob diese Gedichte schon wesentlich von jenen ›Frühen Versen‹ der Jahre 1901/02 verschieden waren, die hier der Vollständigkeit halber aus dem Nachlaß mitgeteilt werden, ist nicht zu entscheiden. Benns erste Veröffentlichung überhaupt, die Gedichte* Rauhreif *und* Gefilde der Unseligen, *erfolgte erst im Februarheft 1910 der ›Grenzboten‹. Daß ein Dreivierteljahr nach dem Skandal der* Morgue *in einer Sonntagsbeilage der ›Königsberger Hartungschen Zeitung‹ noch* Herbst *zutage kam, wird wohl auf Dispositionen des Feuilletonchefs zurückzuführen sein.*[2] *Das Gedicht gehört vielleicht in den Umkreis jenes »wirren Manuskripts«, das der mit Benn befreundete Adolf Petrenz an Alfred Richard Meyer empfohlen hatte und dessen Lektüre, wie der Verleger in seinen Erinnerungen überliefert, »mich mißmutig machte und schon zu hastigerem Weiterblättern und Zuklappen veranlassen wollte, bis ich dann zu einem angehängten Zyklus, der mit den bisherigen Versen schier unvereinbar schien, gelangte und – aufschrie. Der das geschrieben hatte, kam nicht von der Theorie, sondern aus den Erlebnissen des ärztlichen Berufs. ›Morgue‹ hieß der Zyklus. Das Flugblatt war in acht Tagen abgesetzt und gedruckt, es trägt das Datum: März 1912«.*[3] *Von der Druckvorlage blieb nur ein Blatt,* Mann und Frau gehn durch die Krebsbaracke, *in Meyers Nachlaß erhalten. Auch andere Handschriften aus Benns expressionistischem Jahrzehnt – wenn überhaupt, dann Reinschriften und keine Entwurfsblätter – tauchten nur vereinzelt und zufällig auf.*[4] *Bei Neuausgaben stellte Benn die Satzvorlage aus bisherigen Buch- und Zeitschriftenveröffentlichungen zusammen oder legte die Reihenfolge durch Nennung der Überschriften fest. Wie ein Blick in die jeweiligen Lesarten zeigt, wurde der Wortlaut nur selten überarbeitet, eher etwas ausgeschieden, und die Normierung des Lektors von Benn nur sorgfältig kontrolliert (Vgl. den Editorischen Bericht in SW I).*

---

[1] *›Deutsche Romanzeitung‹, Berlin. 41. Jg. Band 3. Nr. 33 vom 14. Mai 1904 Sp. 504*

[2] *Vgl. S. 225f.*

[3] *Alfred Richard Meyer: ›die maer von der musa expressionistica‹. Düsseldorf 1948 S. 14f.*

[4] *Vgl. M. Edelmann: ›Alfred Richard Meyer 1882–1956. Dichter, Schriftsteller, Verleger. Bücher, Flugblätter, Autographen‹. Antiquariatskatalog Nr. 69. Nürnberg [1963] Nrn 278–281*

Auch in die digestiven Prozesse, *die* heuristischen Kongestionen, *die* transitorisch monistischen Hypertonien *des* lyrischen Ichs *während der zwanziger Jahre sind durch Verlust fast aller Manuskripte keine Einblicke mehr möglich. Eine Datierung der rhythmustrunkenen achtzeiligen Reimstrophen muß sich sogar mit dem terminus ante quem begnügen. Erst um 1930 setzt eine handschriftliche Überlieferung ein. Die in Arbeitsheften flüchtig notierten* Selbstentzündungen *konnten in vielen Fällen einem später vollendeten Gedicht als Vorstufen zugeordnet werden: Bilder, Motivreihen, Reime mit noch ausgespartem Versinnern, ein Werkstattmaterial gemäß dem Diktum, Gedichte* entstünden *nur sehr selten, meistens würden sie* gemacht. *So sichtbar sich der Weg vom abgeschlossenen lyrischen Gebilde rückwärts über Varianten, Vorfassungen, der ersten, noch schwankenden metrischen Sequenz, zum Keimwort oder einer Prosaversion finden läßt, man wird umgekehrt die noch unausgedachte, unausgeführte Endgestalt dieser zerbrochenen Strophen kaum vorausnehmen können. Immerhin hat Gottfried Benn, für den der Begriff des* Fragments *zunehmend an poetologischer Tragkraft gewann, sorgfältig insgesamt sechsundzwanzig Arbeitshefte aus dem Zeitraum 1930 bis 1956 wie zur Selbstdokumentation seiner Verfahrensweisen aufbewahrt. Der Autorisationsgrad dieser lyrischen Einsprengsel zwischen Lektüreexzerpten, Prosanotizen oder Briefentwürfen ist freilich ein bedingter. Anhaltspunkte für die chronologische Ordnung ergeben sich aus gelegentlichen Datierungen vorausgehender oder nachfolgender Aufzeichnungen, wiewohl nicht ausgeschlossen werden soll, daß Benn (ganz unphilologisch) das Heft in der Eile des Einfalls irgendwo aufschlug, um eine gefundene Sprachfigur rasch festzuhalten und dann nach monatelanger Pause auf demselben Blatt weiterschrieb. Auf den Nachweis der Erstveröffentlichung solcher Fragmente – etwa in der Auswahl ›Primäre Tage‹ – wurde mit Rücksicht auf ihre editorische Qualität verzichtet. Die einzelnen Aufzeichnungen sind durch drei Leerzeilen voneinander getrennt. Im vierten Band der ›Sämtlichen Werke‹ soll diese Abteilung mit ›Prosaischen Fragmenten‹ ihre Entsprechung finden.*

Lieber Herr Oelze, *teilt Benn dem Freund am 15. Oktober 1936 mit,* um ein grosser Schriftsteller zu werden, muss man vor Allem seine eigene Handschrift lesen können. Daran hat es bei mir von je gemangelt. Alle Notizen, Zettel, Diarien nützen zu nichts, wenn man nach 2 Tagen schon garnicht mehr weiss, was sie bedeuten sollen.[5] *Bei seiner Schrift sei alles möglich, hat Benn gern und mit jener irreführenden Koketterie behauptet, die die höchste Sorgfalt dem voll-*

[5] *Briefe I S. 150*

endeten Produkt und nicht schon seinen gleitenden Zwischenstufen vorbehält. Daß die in Notizen hingeworfene Materie in die Textgenese dieser Ausgabe einbezogen werden konnte, dankt der Herausgeber drei Begleitumständen seiner Arbeit: dem Asyl, das das Deutsche Literaturarchiv und seine Direktoren Bernhard Zeller und Ulrich Ott der Stuttgarter Ausgabe gewährten und erhalten; bereitwilliger Unterstützung durch Marguerite Schlüter, deren jahrzehntelange Erfahrung als Kustodin des Bennschen Gesamtwerks nun auch der abschließenden Edition gutgebracht werden konnte; vor allem der kundigen Teilnahme von Hubert Arbogast, der die wissenschaftliche Notwendigkeit dieser Neuausgabe verfocht und ihre editorische Anlage mitberiet.

München/Marbach am Neckar, November 1985 *G. Sch.*

VERZEICHNIS DER SIGLEN UND ABKÜRZUNGEN

ABr	*Ausgewählte Briefe. Mit einem Nachwort von Max Rychner. Wiesbaden: Limes 1957*
AG[1]	Ausgewählte Gedichte 1911–1936. *Stuttgart/Berlin: Deutsche Verlags-Anstalt ⟨März⟩ 1936* *Enthält:* Prolog / Karyatide / Trunkene Flut / Kretische Vase / Du mußt dir alles geben / Das späte Ich 1–3 / Ikarus 1–3 / Mann und Frau gehn durch die Krebsbaracke / Curettage / Der junge Hebbel / Mutter / Gesänge 1–2 / D-Zug / Untergrundbahn / Pappel / O, Nacht – / Synthese / Palau / Meer- und Wandersagen / Theogonieen / Osterinsel / Orphische Zellen / Erst wenn / Einzelheiten / Die Dänin ⟨2⟩ / Wie lange – / Dir auch – / Aus Fernen, aus Reichen / Nebel / Schleierkraut / Levkoienwelle / Dunkler – / Entwurzelungen / Selbsterreger / Stunden, Ströme – / Vision des Mannes / ›Das Unaufhörliche‹: Einleitungschor, Sopransolo, Terzett und Tenorsolo, Lied, Knabenchor, Schlußchor / Studien zu dem Oratorium: 1. Choral, 2. Lebe wohl / Wo keine Träne fällt / Sils Maria 1–2 / Die Schale / Ein Land – / Immer schweigender – / Durch jede Stunde – / Am Brückenwehr 1–4 / Die weißen Segel / Noch einmal / Am Saum des nordischen Meers / Dein ist – / Doppelkonzert / In memoriam Höhe 317 / Träume, Träume – / Astern / Liebe / Tag, der den Sommer endet / Turin / Einst / Das Ganze / Mann – / Dennoch die Schwerter halten / Ach, das Erhabene / Sieh die Sterne, die Fänge
AG[2]	*Veränderte Ausgabe ⟨Dezember⟩ 1936* Mann und Frau gehn durch die Krebsbaracke *wurde ersetzt durch* Leben-niederer Wahn; D-Zug *und* Untergrundbahn *durch* Wer allein ist –, Spät im Jahre – *und* Suchst du –; O, Nacht *und* Synthese *durch* Auf deine Lider senk' ich Schlummer, Anemone *und* Einsamer nie
Aprèslude	Aprèslude. Gedichte 1955. *Wiesbaden: Limes ⟨September⟩ 1955* *Enthält:* Gedicht / Worte / Aber du –? / Das sind doch Menschen / Heim / Melancholie / ›Der Broadway singt und tanzt‹ / Nike / Die Züge deiner… /

Teils-teils / Impromptu / Bauxit / Eure Etüden / Olympisch / Nur noch flüchtig alles / Verließ das Haus I–III / Bitte wo – / In einer Nacht / Kommt – / Menschen getroffen / Zwei Träume / ›Abschluß‹ / Ebereschen / Tristesse / Letzter Frühling / Aprèslude

Aprèslude Satzvorlage — *Erstdrucke und Typoskripte mit Ergänzungen und Korrekturen GBs, von Marguerite Schlüter redaktionell bearbeitet. 25 Bl. Archiv des Limes-Verlags*
Enthält: Gedicht / Worte / Aber du –? / Die Züge deiner... / Zwei Träume / Letzter Frühling / Heim / Bitte wo – / Kommt – / Eure Etüden / Ebereschen / Verliess das Haus I–III / Menschen getroffen / Nike / Nur noch flüchtig alles / Bauxit / Impromptu / Teils-teils / Melancholie / ›Der Broadway singt und tanzt‹ / In einer Nacht – / Olympisch / ›Abschluss‹ / Tristesse / Aprèslude

Aprèslude Fahnenabzug — *Klebeumbruch mit Korrekturen GBs und Marguerite Schlüters. 23 Bl. Archiv des Limes-Verlags*

Arbeitsheft — *26 in Format, Umfang und Beschreibdichte verschiedene Notizbücher im Besitz von Dr. Ilse Benn*
1 (1930–1933), 2 (1934), 3 (1934/35), 4 (1935), 5 (1936), 6 (1937/38), 7 (1938/39), 7 a (1939), 8 (1940/41), 9 (1943), 10 (1943), 11 (1946), 12 (1946), 13 (1946/47), 14 (1948/49), 14 a (1949/50), 15 (1950), 16 (1950/51), ohne Nr. (1951), 17 (1951/52), 18 (1952/53), 18 a (1953), 19 (1954), 20 (1955), 21 (1955), 22 (1955/56)

Betäubung — Betäubung. Fünf neue Gedichte. *Berlin-Wilmersdorf: Alfred Richard Meyer ‹September› 1925*
Enthält: I. Betäubung / II. Dir – von Sonnenblumen / III. Vage Entwurzelungen / IV. Blüte des Primären / V. Schweifende Stunde

BiogrG 1941 — Biographische Gedichte / von / Gottfried Benn. Für Herrn F.W. Oelze. / Weihnachten 1941.
Sammeltyposkript. 8 Bl. DLA
Enthält: Verse / Gedichte / Bilder / Unanwendbar / Du trägst / Ein Wort / Abschied

Briefe I–II/2 — *Briefe an F. W. Oelze. Hrsg. von Harald Steinhagen und Jürgen Schröder. Vorwort von F. W. Oelze. Band I: 1932–1945. Band II/1: 1945–1949. Band*

	II/2: 1950–1956. Wiesbaden und München: Limes 1977–1980
D	*Einzeldruck*
Destillationen	Destillationen. Neue Gedichte. *Wiesbaden: Limes ⟨Mai⟩ 1953* *Enthält:* Jener / Melodien / Es gibt – / Nimm fort die Amarylle / Destille I–IV / An – / Was schlimm ist / Schmerzliche Stunde / Entfernte Lieder / Wirklichkeit / Nur zwei Dinge / Den jungen Leuten / Bar / Keiner weine – / Lebe wohl – / Viele Herbste / Außenminister / März. Brief nach Meran / Traum / Auferlegt / Verzweiflung I–III / Spät I–V / Eingeengt
Destillationen Satzvorlage	*Sammeltyposkript mit Ergänzungen und Korrekturen GBs, von Marguerite Schlüter redaktionell bearbeitet. 18 Bl. Archiv des Limes-Verlags* *Enthält:* Es gibt – / Melodien / Jener / Entfernte Lieder / Destille I–IV / Schmerzliche Stunde – / Was schlimm ist / An – / Nimm fort die Amarylle / Nur zwei Dinge / Wirklichkeit / Den jungen Leuten / Auferlegt / Traum / Bar / Viele Herbste / Eingeengt
Destillationen Fahnenabzug	*Korrekturfahnen mit Ergänzungen und Umstellungswünschen GBs, von Marguerite Schlüter redaktionell bearbeitet. Aus dem Bandinhalt gestrichen:* Der Gedanke / Radio I–II / Spät IV ⟨Little old lady⟩ *14 Bl. Archiv des Limes-Verlags*
DLA	*Deutsches Literaturarchiv, Marbach am Neckar*
E	*Erstdruck*
F	*Fahnenabzug*
Fleisch	Gesammelte Lyrik. *Berlin-Wilmersdorf: Verlag der Wochenschrift Die Aktion (Franz Pfemfert) ⟨März⟩ 1917 (Die Aktionslyrik. Hrsg. von Franz Pfemfert. Band 3)* *Enthält:* Der Arzt I–III / Morgue I–V / Saal der kreissenden Frauen / Mann und Frau gehn durch die Krebsbaracke / Nachtcafé I–V / Karyatide / Fleisch / D-Zug / Untergrundbahn / Englisches Café / Der Psychiater *Zyklustitel:* 1. Der Psychiater, 2. Das Instrument, 3. Notturno, 4. Das Plakat, 5. Ball, 6. Pappel, 7. Durch's Erlenholz kam sie entlang gestrichen – – – –, 8.0, Nacht –:, Cocoain, 10. Ikarus I–III, 11. Reise, 12. Kretische Vase, 13. Aufblick, 14. Rückfall, 15. Synthese

FLuD	Frühe Lyrik und Dramen. *Wiesbaden: Limes 1952.* *Enthält:* Vorbemerkung / FRÜHE LYRIK (1912–1920): Morgue 1–5 / Der Arzt 1–3 / Saal der kreissenden Frauen / Nachtcafé 1–5 / Finish 1–4 / Prolog 1920 / Alaska 1–8 / Kurkonzert / Fleisch / Der Psychiater / Das Instrument / Notturno / Das Plakat / Ball / Durchs Erlenholz kam sie entlang gestrichen – – – / Kokain / Aufblick / O Geist / Strand / Innerlich 1–6 / Bolschewik / Blumen / (1922–1927): Mediterran / Chaos / Nacht / Banane / Staatsbibliothek / Stadtarzt / Fürst Kraft / Ostafrika / Dynamik / Annonce / Zwischenreich / Wer bist du / Schweifende Stunde / Widmung / Jena / Die hyperämischen Reiche / Qui sait / DRAMEN: Der Vermessungsdirigent / Etappe
Fragmente	Fragmente. Neue Gedichte. *Wiesbaden: Limes ‹Juni› 1951.* *Enthält:* Du übersiehst dich nicht – / Ein Schatten an der Mauer / Denk der Vergeblichen / Fragmente / Verhülle dich – / Satzbau / Zerstörungen / Finis Poloniae / Der Dunkle I–IV / Konfetti / Notturno / Gladiolen / Restaurant / Blaue Stunde I–III / Ideelles Weiterleben? / Die Gitter / Stilleben / Wir ziehn einen großen Bogen – / Begegnungen / Reisen / Eine Hymne
Fragmente 1950	*2 Sammeltyposkripte, von F. W. Oelze überschrieben und datiert. DLA* *»I. (Fassung) Reihe Ende Juni 50«. Enthält:* Denk der Vergeblichen / Notturno / Satzbau / Une heure bleue / Der Dunkle / Restaurant / Auf –! / Berlin (1948) / Radar / Wir ziehn einen grossen Bogen – / Reisen / *»II. (Fassung) Reihe 20. VII. 50«. Von GB signiert und datiert* Herrn F. W. Oelze zu seinen Fragen nach Ruhm, Vornehmheit und Fehlbeträgen. 19 VII 50. *Enthält:* Stimmungsbild / Ein Schatten an der Mauer / Zerstörungen / Finis Poloniae / Fragmente
Fragmente 1951	*Sammeltyposkript (Durchschläge), überschrieben und datiert* ›Fragmente‹ 20 Gedichte / G.B. II/51 *(Empfangsvermerk F. W. Oelzes: »rec. 2/III. 51«)* *Enthält:* Du übersiehst dich nicht – / Ein Schatten

an der Mauer / Denk der Vergeblichen / Fragmente / Zerstörungen / Satzbau / Verhülle Dich – / Begegnungen / Finis Poloniae / Die Gitter / Konfetti / Gladiolen / Wir ziehn einen grossen Bogen – / Stilleben / Blaue Stunde I–III / Ideelles Weiterleben? / Restaurant / Notturno / Der Dunkle I–IV / Reisen

Gedichte — Gedichte. *Die Literatur. Monatsschrift für Literaturfreunde (Das Literarische Echo). Stuttgart. 36. Jg. Heft 1 vom Oktober 1933 ⟨Redaktionsschluß 8. September⟩ S. 12–15*
Enthält: Dennoch die Schwerter halten / Wo keine Träne fällt / Studien zum Oratorium ›Das Unaufhörliche‹ I–II / Du mußt dir alles geben / Sils Maria I–II / Die Schale / Ein Land – / Immer schweigender – / Durch jede Stunde – / Mann –

G — Gedichte. *Blätter für die Dichtung. Hrsg. von Heinrich Ellermann. Hamburg. Folge II, Nr. 7 vom Januar 1936*
Enthält: Die weißen Segel / Noch einmal – / Am Saum des nordischen Meer's / Dein ist – / Doppelkonzert / In memoriam Höhe 317 / Träume, Träume – / Astern / Liebe / Ach, das Erhabene / Tag, der den Sommer endet / Turin / Einst / Das Ganze

GB — *Gottfried Benn*

GesG 1927 — Gesammelte Gedichte. *Berlin: Verlag Die Schmiede ⟨Mai⟩ 1927*
Enthält: Erster Teil (1912–1920): Prolog 1920 / Morgue 1–5 / Der Arzt 1–3 / Mann und Frau gehn durch die Krebsbaracke / Saal der kreissenden Frauen / Curettage / Nachtcafé 1–5 / Alaska 1–10 / D-Zug / Englisches Café / Untergrundbahn / Fleisch / Ball / Puff / Das Plakat / Das Instrument / Der Psychiater / Pappel / Reise / Karyatide / Ikarus 1–3 / Kretische Vase / O Geist / Innerlich 1–6 / Bolschewik / Kokain / O, Nacht –: / Das späte Ich 1–3 / Synthese / Zweiter Teil (1922–1927): Der Sänger / Schutt / Trunkene Flut / Palau / Meer- und Wandersagen / Theogonieen / Osterinsel / Mediterran / Orphische Zellen / Schädelstätten / Qui sait / – Chaos – / Nacht / Banane – / Finale / Staatsbibliothek / Stadtarzt / Fürst Kraft / Ostafrika / Dynamik / Annonce / Erst wenn / Zwischenreich /

Einzelheiten / Die Dänin 1–2 / ›wie lange –‹ / Wer – / Dir auch –: / aus Fernen, aus Reichen / Nebel / Schleierkraut / Levkoienwelle / Dunkler — / Entwurzelungen / Selbsterreger / Betäubung / Grenzenlos / Schweifende Stunde / Vision des Mannes / Sieh die Sterne, die Fänge / Stunden, Ströme – / Regressiv

GesG 1956 Gesammelte Gedichte. *Wiesbaden und Zürich: Limes / Verlag der Arche 1956*

GesSchr¹ Die Gesammelten Schriften. *Berlin: Erich Reiss ⟨Mai⟩ 1922*

Enthält: Prolog / I. GEDICHTE: Morgue I–V / Der Arzt *zugleich Zyklustitel* I–III, Mann und Frau gehn durch die Krebsbaracke, Saal der kreißenden Frauen, Curettage / Tripper / Nachtcafé I–V / Alaska 1–10 / Karyatide *zugleich Zyklustitel* D-Zug, Untergrundbahn, Englisches Café, Kurkonzert / Fleisch *zugleich Zyklustitel* Leichen, Puff, Café, Der Psychiater, Das Instrument, Notturno, Das Plakat, Ball, Pappel, O, Nacht –:, Kokain, Ikarus I–III, Reise, Strand, Kretische Vase, O Geist, Innerlich 1–6 / Der späte Mensch *zugleich Zyklustitel* 1–3, Bolschewik, Synthese / II. NOVELLEN: Gehirne / Die Reise / Die Insel / Der Geburtstag / Querschnitt / Der Garten von Arles / Das letzte Ich / III. SZENEN: Ithaka / Der Vermessungsdirigent / Karandasch / Etappe / IV. ESSAY: Das moderne Ich I–II / Epilog

GesSchr² *Veränderte Ausgabe Januar 1923*

Gehirne, Die Reise, Die Insel *und* Der Geburtstag *wurden ersetzt durch* Chanson, Schutt *Zyklustitel* I Spuk –, II Rot –, III Schwer – *und* Diesterweg

GW III *Gesammelte Werke in vier Bänden. Hrsg. von Dieter Wellershoff. Band III: Gedichte. Wiesbaden: Limes 1960*

GW IV *Gesammelte Werke in vier Bänden. Hrsg. von Dieter Wellershoff. Band IV: Autobiographische und vermischte Schriften. Wiesbaden: Limes 1961*

H *Handschrift*

Morgue 1912 Morgue und andere Gedichte. *Berlin-Wilmersdorf: A.R. Meyer ⟨März⟩ 1912 (21. Flugblatt)*

Enthält: Morgue *Zyklustitel* I. Kleine Aster, II. Schöne Jugend, III. Kreislauf, IV. Negerbraut,

V. Requiem / Saal der kreissenden Frauen / Blinddarm / Mann und Frau gehn durch die Krebsbaracke / Nachtcafé

Morgue 1923 — *Neudruck. München: Der Bücherwinkel 1923*

Neue Gedichte — Neue Gedichte. *Merkur. Stuttgart. 6.Jg. Heft 9 vom September 1952 S.821–826*
Enthält: Lebe wohl – / Keiner weine – / März. Brief nach Meran / Außenminister / Verzweiflung I–III

PrT — *Primäre Tage. Gedichte und Fragmente aus dem Nachlaß. Hrsg. von Max Niedermayer und Marguerite Schlüter. Wiesbaden: Limes 1958*
Enthält: Hier ist kein Trost / Schnellzug / Eine Leiche singt / Madonna / Ein Mann spricht / Stunden – Anthropophagen / Die Heimat nie – / Was singst du denn – / Schöpfung / Sät dich der Traum in die Weite / Primäre Tage / Olympische Hymne / Für Oskar Loerke / Interieur / Du trägst / Wohin – / Alter Kellner / General / In einer Stadt / So still – / Valse d'Automne / Dann gliederten sich die Laute / Wenn dir am Ende – / Wer Wiederkehr in Träumen weiß – / Leid der Götter / Kleines süßes Gesicht – / Überblickt man die Jahre – / Clemenceau / Nasse Zäune / Du liegst und schweigst – / Der Gedanke / Radio I–II / An Ernst Jünger / Schumann / Stille / Erinnerung / Turin II / *Fragmente*

Schutt — Schutt. *Berlin-Wilmersdorf: Alfred Richard Meyer Februar 1924*
Enthält: Spuk / Rot / Schwer / Die Dänin⟨1⟩ / Ach, du zerrinnender – / Chaos – / Nacht – / Die Welten halten –

Sechs Gedichte — Sechs Gedichte. *Die Literatur. Monatsschrift für Literaturfreunde (Das Literarische Echo). Stuttgart. 39.Jg. Heft 4 vom Januar 1937 S.203f.*
Enthält: Anemone / Auf deine Lider senk' ich Schlummer / Suchst du – / Leben – / Wer allein ist – / Spät im Jahre –

Söhne — Söhne. Neue Gedichte. *Berlin-Wilmersdorf: A.R.Meyer ⟨Oktober⟩ 1913*
Enthält: Söhne *Zyklustitel* I. Der junge Hebbel, II. Wir gerieten in ein Mohnfeld, III. Ein Trupp hergelaufener Söhne schrie, IV. Don Juan gesellte sich zu uns, V. Vor einem Kornfeld sagte einer, VI. Mutter, VII. Drohung, VIII. Ein Mann spricht, IX. Räuber-Schiller, X. Madonna / Hier ist kein Trost /

Nachtcafé / D-Zug / Café / Kurkonzert / Untergrundbahn / Englisches Café / Schnellzug

Spaltung Spaltung. Neue Gedichte. *Berlin-Wilmersdorf: Alfred Richard Meyer ‹November› 1925*
Enthält: Der Sänger / Selbsterreger / Entwurzelungen / Betäubung / Grenzenlos / Staatsbibliothek / Theogonieen / Stadtarzt / Meer- und Wandersagen / Schutt / Palau / Schädelstätten / Die Dänin I / Die Dänin II / Nebel / Wer – / Namenlos / Chaos – / Ostafrika / Erst wenn / Einzelheiten / Dynamik / Finale / Banane – / Schleierkraut / Levkoienwelle / Dunkler – / Schweifende Stunde

StatG 1945 Statische Gedichte. / Herrn Dr. F.W. Oelze / 3. I 1945 *Sammeltyposkript. 28 Bl. DLA*
Enthält: Die Form / Der Traum / Dann / Chopin / September / 5. Jahrhundert I–III / Nasse Zäune / Clemenceau / Ach, das ferne Land / 1886 / Kleines süsses Gesicht / Überblickt man die Jahre / O gib / Statische Gedichte

StatG 1946 Statische Gedichte. *Privatdruck. Berlin: April 1946 Handexemplar GBs im Besitz von Dr. Ilse Benn*
Enthält: Ach, das ferne Land – / Chopin / Verse / Gedichte / Bilder / Welle der Nacht / Alle die Gräber / St. Petersburg – Mitte des Jahrhunderts / Dann – / Monolog 1941 / 5. Jahrhundert / Clemenceau / September / Nachzeichnung / Wenn etwas leicht / Gärten und Nächte / Die Gefährten / Ein später Blick / Verlorenes Ich / Ist das nicht schwerer / Henri Matisse: ›Asphodèles‹ / Ein Wort / Mittelmeerisch / Unanwendbar / 1886 / Kleines süsses Gesicht / Der Traum / O gib – / Abschied / Die Form / Statische Gedichte

StatG[1] Statische Gedichte. *Zürich: Verlag der Arche ‹September› 1948*
Enthält: Ach, das ferne Land / Quartär I–III / Chopin / Orpheus' Tod / Verse / Gedichte / Bilder / Welle der Nacht / Am Saum des nordischen Meer's / Tag, der den Sommer endet / Die Gefährten / Dann – / V. Jahrhundert I–III / Astern / September I–II / Alle die Gräber / Wenn etwas leicht / Ein Wort / Gärten und Nächte / Sils-Maria I–II / Ein später Blick / Nachzeichnung I–II / In memoriam Höhe 317 / Verlorenes Ich / Henri Matisse: ›Aspho-

deles‹ / Ist das nicht schwerer / St. Petersburg – Mitte des Jahrhunderts / Mittelmeerisch / Unanwendbar / Einsamer nie – / Wer allein ist – / Spät im Jahre – / Suchst du – / Der Traum / Anemone / O gib – / Liebe / Turin / Leben – niederer Wahn / Ach, das Erhabene / Sommers / Abschied / Die Form – / Statische Gedichte

StatG^{2}	Statische Gedichte. *Ein Buch der Arche im Limes Verlag Wiesbaden ⟨März⟩ 1949. Erweiterte Ausgabe. Auf* Ein Wort – *folgt* Acheron, *auf* Unanwendbar Gewisse Lebensabende I–II
SW I–V	*Sämtliche Werke. Stuttgarter Ausgabe. In Verbindung mit Ilse Benn hrsg. von Gerhard Schuster. Band I: Gedichte 1. Band II: Gedichte 2. Band III: Prosa 1. Band IV: Prosa 2. Band V: Dialogische Formen*
T	*Typoskript*
Den Traum alleine tragen	*Den Traum alleine tragen. Neue Texte, Briefe, Dokumente. Hrsg. von Paul Raabe und Max Niedermayer. Wiesbaden: Limes 1966*
TrF^{1}	Trunkene Flut. Ausgewählte Gedichte (bis 1935, mit Epilog 1949). *Wiesbaden: Limes 1949* *Enthält:* Trunkene Flut / Karyatide / Palau / Das späte Ich 1–3 / Kretische Vase / Der Sänger / Meer- und Wandersagen / Mann und Frau gehn durch die Krebsbaracke / Curettage / Untergrundbahn / Pappel / O Nacht / Synthese / Orphische Zellen / Der junge Hebbel / Ikarus 1–3 / Mutter / Gesänge 1–2 / D-Zug / Englisches Café / Reise / Schutt / Schädelstätten / Theogonien / Osterinsel / Valse triste / Die weißen Segel / Wie lange noch / Dir auch / Die Dänin 1–2 / Aus Fernen, aus Reichen / Nebel / Schleierkraut / Erst wenn / Einzelheiten / Betäubung / Grenzenlos / Entwurzelungen / Selbsterreger / Stunden, Ströme / Vision des Mannes / Aus dem Oratorium ›Das Unaufhörliche‹: Einleitungschor, Sopransolo, Terzett und Tenorsolo, Lied, Knabenchor, Schlußchor / Studien zu dem Oratorium (nicht komponiert): 1. Choral, 2. Lebe wohl / Die Schale / Immer schweigender / Durch jede Stunde / Am Brückenwehr 1–4 / Noch einmal / Dein ist / Doppelkonzert / Träume, Träume / Einst / Das Ganze / Mann / Dennoch die Schwerter halten / Sieh die Sterne, die Fänge /

Finale / Rosen / Levkoienwelle / Dunkler / Regressiv / Du mußt dir alles geben / Epilog 1949 1–5

TrF[2] Trunkene Flut. Ausgewählte Gedichte. *Zweite, erweiterte Auflage. Wiesbaden: Limes 1952*
Nach Valse triste *folgt* Auf deine Lider senk ich Schlummer, *auf* Die weißen Segel Ein Land, *auf* Stunden, Ströme Acheron *und* Gewisse Lebensabende I–II, *auf* Doppelkonzert Wo keine Träne fällt

Das Unaufhörliche *Paul Hindemith:* Das Unaufhörliche. Oratorium. *Text von Gottfried Benn. Mainz: B. Schott's Söhne* ‹*August*› *1931*

ZwG Zweiundzwanzig Gedichte (1936–1943). *Privatdruck August 1943 DLA*
Enthält: Verse / Gedichte / Bilder / Verlorenes Ich / Wenn etwas leicht / Gärten und Nächte / Welle der Nacht / Die Gefährten / Ein später Blick / Ist das nicht schwerer / Henri Matisse: ›Asphodèles‹ / Nachzeichnung I–II / Alle die Gräber / Interieur / Die Züge Deiner / In einer Stadt / Monolog / Du trägst / Ein Wort / Mittelmeerisch / Unanwendbar / Abschied

DIAKRITISCHE ZEICHEN

⌈ ⌉	*Spätere Texteinfügung des Autors*
[ ]	*Textstreichung des Autors*
( )	*Klammer des Autors*
[→]	*durch Überschreibung hergestellte Lesart*
( )	*Klammer des Herausgebers*
(?)	*Unsichere Lesung des vorangehenden Worts*
xxxx	*Anzahl nicht entzifferter Buchstaben*
〈 〉	*Textergänzung des Herausgebers*
…	*Auslassung des Herausgebers*
/	*Vers- oder Zeilenende*
/ /	*Strophenende*
ǀ	*Ende eines varianten Bereichs*

ANMERKUNGEN

ZU LEBZEITEN VERÖFFENTLICHTE GEDICHTE, DIE NICHT IN DIE SAMMLUNG VON 1956 AUFGENOMMEN WURDEN

RAUHREIF 9

ENTSTEHUNG *Bis Ende 1909*

ÜBERLIEFERUNG
E Die Grenzboten. Zeitschrift für Politik, Literatur und Kunst. Hrsg. von Paul Mahn und George Cleinow. Berlin. 69. Jg. Erstes Vierteljahr. Heft 7 vom 14. Februar 1910 S. 312

GEFILDE DER UNSELIGEN 10

ENTSTEHUNG *Bis Ende 1909*

ÜBERLIEFERUNG *Ebd.*

HINWEIS
Vermutlich GBs erste Veröffentlichung

HERBST 11

ENTSTEHUNG *Vor 1912*

ÜBERLIEFERUNG
E Junge Dichtung. Gesammelt von Walter Heymann. Königsberger Hartung'sche Zeitung Nr. 564. Sonntagsbeilage vom 1. Dezember 1912 S. 1 (Nachlaß Oskar Loerke DLA)

HINWEIS
Der mit Adolf Petrenz (vgl. HINWEIS *zu S. 19f.) befreundete Walther Heymann (1882–1915) veröffentlichte hier folgende Gedichte: Gottfried Benn: ›Herbst‹; Elisabeth Fuhrmann-Paulsen: ›Siegessage‹; Max Dauthendey: ›So wie ein Herz geht und eilt…‹; Oskar Loerke: ›Augenblick‹; Reinhard Sorge: ›An die Geliebte‹; Hans Carossa:*

›Nachtlied‹; Friedrich Kurt Benndorf: ›Luftschiff bei Nacht‹; Wilhelm von Scholz: ›Wandel und Wiederkehr‹; Siegfried von der Trenck: ›Süße Stunden der verborgenen Liebe‹ und ›Moses am Nebo‹. – Vgl. Harald Steinhagen: ›Herbst‹. Ein frühes Gedicht Gottfried Benns. Den Traum alleine tragen S. 7–10

12 BLINDDARM

ENTSTEHUNG *Bis März 1912*

ÜBERLIEFERUNG
E Morgue 1912 S. 8f. D¹ Morgue 1923 S. 10f.

14 MANN

ENTSTEHUNG *Bis Juni 1912*

ÜBERLIEFERUNG
E Die Aktion. Berlin-Wilmersdorf. 2. Jg. Nr. 26 vom 26. Juni 1912 Sp. 819f.

17 KASINO

ENTSTEHUNG *Bis Juli 1912*

ÜBERLIEFERUNG
E Neue Gedichte (Café. Kasino. D-Zug). Pan. Wochenschrift. Berlin. 2. Jg. Nr. 38 vom 8. August 1912 S. 1055–1058, hier 1056f.

19 MORGUE II I–V

ENTSTEHUNG *Bis Ende 1912*

ÜBERLIEFERUNG
E Die Aktion. Berlin-Wilmersdorf. 3. Jg. Nr. 2 vom 8. Januar 1913 (Gedenk-Nummer für Georg Heym) Sp. 39f.

HINWEIS
Die Widmung gilt dem befreundeten Lyriker Adolf Petrenz, Redakteur an der Berliner ›Täglichen Rundschau‹, der sich für GBs erste

Veröffentlichungen eingesetzt hatte. Vgl. Den Traum alleine tragen S. 8ff. und 15f.
Zeile **2–15** *wurde 1917 als Zeile* **77–91** *dem Gedicht* Fleisch *zugewiesen (vgl. SW I S. 30f.)*

CAFÉ DES WESTENS 21

ENTSTEHUNG *Bis Dezember 1912*

ÜBERLIEFERUNG
E Verse (Café des Westens. Dirnen). Pan. Wochenschrift. Berlin. 3. Jg. Nr. 15 vom 10. Januar 1913 S. 366

DIRNEN 22

ENTSTEHUNG *Bis Dezember 1912*

ÜBERLIEFERUNG *Ebd.*

EINER SANG: 23

ENTSTEHUNG *Bis Ende Januar 1913*

ÜBERLIEFERUNG
E Alaska III. Die Aktion. Berlin-Wilmersdorf. 3. Jg. Nr. 9 vom 26. Februar 1913 Sp. 269

LESARTEN
EINER SANG:*]* ALASKA *Zyklustitel* III *E*

HINWEIS
Vgl. SW I S. 360f.

DON JUAN GESELLTE SICH ZU UNS: 23

ENTSTEHUNG *Bis Ende Januar 1913*

ÜBERLIEFERUNG
E Alaska IV. Die Aktion. Berlin-Wilmersdorf. 3. Jg. Nr. 9 vom 26. Februar 1913 Sp. 269f. D[1] Söhne S. 4

LESARTEN
DON JUAN GESELLTE SICH ZU UNS:*]* ALASKA *Zyklustitel* IV *E* SÖHNE *Zyklustitel IV* D^{1} **2** Frühling*]* »Frühling *E* **7** schenkte*]* Schenkte *E* **9** den*]* Den *E* **11** mein*]* Mein *E* Männerblut. –*] Satzfehler* Männerblut. –‹«› *E*

HINWEIS
Vgl. SW I S. 360f.

23 VOR EINEM KORNFELD SAGTE EINER:

ENTSTEHUNG *Bis Ende Januar 1913*

ÜBERLIEFERUNG
E Alaska V. Die Aktion. Berlin-Wilmersdorf. 3. Jg. Nr. 9 vom 26. Februar 1913 Sp. 270 D^{1} *Söhne S. 4* D^{2} *Fleisch S. 40* D^{3} *GesSchr*^{1} *S. 17* D^{4} *GesG 1927 S. 46* D^{5} *FLuD S. 43*

LESARTEN
VOR EINEM KORNFELD SAGTE EINER:*]* ALASKA *Zyklustitel* V *E* SÖHNE *Zyklustitel* V D^{1} ALASKA *Zyklustitel* 5. D^{2-4} IV D^{5} **3** ist*]* Ist *E* **5** Menstruation.*]* Menstruation, D^{4} **6** An*]* an D^{4} **7** kurz*]* Kurz ED^{12} Weg.*]* Weg. – ED^{1-3}

HINWEIS
Vgl. SW I S. 360f.

24 DROHUNGEN

ENTSTEHUNG *Bis Ende Mai 1913*

ÜBERLIEFERUNG
E Alaska VIII. Die Aktion. Berlin-Wilmersdorf. 3. Jg. Nr. 26 vom 25. Juni 1913 Sp. 640

LESARTEN
DROHUNGEN*]* ALASKA *Zyklustitel* VIII DROHUNGEN *E*

HINWEIS
Das Gedicht ist an Else-Lasker-Schüler gerichtet. In E wurde auf der nebenstehenden Spalte 639 die Glosse ›Doktor Benn‹ mit ihrer Porträtzeichnung GBs veröffentlicht: »Er steigt hinunter ins Gewölbe

seines Krankenhauses und schneidet die Toten auf. Ein Nimmersatt, sich zu bereichern an Geheimnis. Er sagt: ›tot ist tot‹. Dennoch fromm im Nichtglauben liebt er die Häuser der Gebete, träumende Altäre, Augen, die von fern kommen. Er ist ein evangelischer Heide, ein Christ mit dem Götzenhaupt, mit der Habichtnase und dem Leopardenherzen. Sein Herz ist fellgefleckt und gestreckt. Er liebt Fell und er liebt Met und die großen Böcke, die am Waldfeuer gebraten wurden. Ich sagte einmal zu ihm, Sie sind allerlei herb, lauter Fels, rauhe Ebene, auch Waldfrieden, und Buchäckern und Strauch und Rotrotdorn und Kastanien im Schatten und Goldlaub, braune Blätter und Rohr. Oder Sie sind Erde mit Wurzeln und Jagd und Höhenrauch und Löwenzahn und Brennesseln und Donner. Er steht unentwegt, wankt nie, trägt das Dach einer Welt auf dem Rücken. Wenn ich mich vertanzt habe, weiß ich nicht, wo ich hin soll, dann wollte ich, ich wäre ein grauer Samtmaulwurf und würfe seine Achselhöhle auf und vergrübe mich in ihr. Eine Mücke bin ich und spiele immerzu vor seinem Gesicht. Aber eine Biene möcht ich sein, dann schwirrte ich um seinen Nabel. Lang bevor ich ihn kannte, war ich seine Leserin, sein Gedichtbuch – Morgue – lag auf meiner Decke: Grauenvolle Kunstwunder, Todesträumerei, die Kontur annahm. Leiden reißen ihre Rachen auf und verstummen, Kirchhöfe wandeln in die Krankensäle und pflanzen sich vor die Betten der Schmerzensreichen an. Die kindtragenden Frauen hört man schreien aus den Kreißsälen bis ans Ende der Welt. Gottfried Benn ist der dichtende Kokoschka. Jeder seiner Verse ein Leopardenbiß, ein Wildtiersprung. Der Knochen ist ein Griffel, mit dem er das Wort auferweckt.« (vgl. SW I S. 22)

RÄUBER-SCHILLER 26

ENTSTEHUNG *Bis Ende Mai 1913*

ÜBERLIEFERUNG
E Alaska IX. Die Aktion. Berlin-Wilmersdorf. 3. Jg. Nr. 26 vom 25. Juni 1913 Sp. 640f. *D^1 Söhne S. 6* *D^2 Fleisch S. 41* *D^3 GesG 1927 S. 48* *D^4 FLuD S. 46*

LESARTEN
RÄUBER-SCHILLER*]* ALASKA *Zyklustitel* IX DER RÄUBER-SCHILLER *E* SÖHNE *Zyklustitel* IX. RÄUBER-SCHILLER *D^1* ALASKA *Zyklustitel* 7. RÄUBER-SCHILLER *D^{23}* ALASKA *Zyklustitel* VII RÄUBER-SCHILLER *D^4* **4** wenn*]* Wenn *E* **5** und*]* Und *E* **6** Abelblut*]* Abel-Blut *ED^1* **8** das*]* Das *E* **9** Ihr grauer*]* ihr

grauer D^3 **10** sä'n] sän D^4 zu.] zu, D^3 **11** Mir] mir D^3 Wolkenflug] Wolken Flug *E* Wolken-Flug D^1 **12**] *keine neue Strophe* D^3 **13** aus] Aus *E* **14** Ecke] *Satzfehler* Erde ED^2 **15** pfeif] Pfeif ED^2 Wisch] wisch D^3

HINWEIS
Vgl. SW I S. 360f.

27 DAS AFFENLIED

ENTSTEHUNG *Bis Ende Mai 1913*

ÜBERLIEFERUNG
E Alaska X. Die Aktion. Berlin-Wilmersdorf. 3. Jg. Nr. 26 vom 25. Juni 1913 Sp. 641

LESARTEN
DAS AFFENLIED] ALASKA *Zyklustitel* X DAS AFFENLIED *E*

HINWEIS
Vgl. SW I S. 360f.

28 MADONNA

ENTSTEHUNG *Bis Ende Mai 1913*

ÜBERLIEFERUNG
E Alaska XI. Die Aktion. Berlin-Wilmersdorf. 3. Jg. Nr. 26 vom 25. Juni 1913 Sp. 641 D^1 *Söhne S. 6f.*

LESARTEN
MADONNA] ALASKA *Zyklustitel* XI MADONNA *E* SÖHNE *Zyklustitel* X. MADONNA D^1 **1** zurück!] zurück. *E* **2** hin gesunken] hingesunken *E* **3** an] An *E* **4** von] Von *E* O Glück!] Oh! Glück! *E* **6** hingestreckt] Hingestreckt *E* **7** hell] Hell *E* **8** in] In *E* **9** schön geworden] schöngeworden *E* **10** singt] Singt *E* **11** Hallelujah!] Hallelujah. *E*

HINWEIS
Vgl. SW I S. 360f.

EIN TRUPP HERGELAUFENER SÖHNE SCHRIE: 29

Entstehung *Bis September 1913*

Überlieferung
E Söhne S. 2–4 D^1 Fleisch S. 38 D^2 GesSchr^1 S. 16f. D^3 GesG 1927 S. 43–45 D^4 FLuD S. 41f.

Lesarten
EIN TRUPP HERGELAUFENER SÖHNE SCHRIE:*]* SÖHNE *Zyklustitel* III *E* ALASKA *Zyklustitel* 4 *D^1* ALASKA *Zyklustitel* 4. EIN TRUPP HERGELAUFENER SÖHNE SCHRIE: *D^3* ALASKA *Zyklustitel* III *D^4* **1***] als Überschrift D^3 danach keine Leerzeile D^4* **5** uns*] Satzfehler* und *E* **20** Schatten.*]* Schatten - *D^3* **24** Blut.*]* Blut, *D^3* **25** Ich*]* ich *D^3* **27** Feiger*]* feiger *D^3* **28** Purpurgeschleiert*]* purpurgeschleiert *D^3* **29** dich.*]* dich; *D^3 danach Leerzeile D^2* **30** Was*]* was *D^3* **33** gib*]* gieb *E* **35** Saal.*]* Saal! *D^3* **42** Blut.*]* Blut. - *ED^{1-3}*

Hinweis
Vgl. SW I S. 360f.

EIN MANN SPRICHT: 31

Entstehung *Bis September 1913*

Überlieferung
E Söhne S. 5

Lesarten
EIN MANN SPRICHT:*]* SÖHNE *Zyklustitel* VIII. *E*

Hinweis
Vgl. SW I S. 360f.

HIER IST KEIN TROST 32

Entstehung *Bis September 1913*

Überlieferung
E Söhne S. 7 D^1 Das neue Pathos. Berlin. 1. Jg. Heft 5/6 November 1913 S. 43

Lesarten
HIER IST KEIN TROST*]* HIER IST KEIN TROST: *D¹* **7***] neue Strophe D¹* **18** Musik.*]* Musik. – *D¹*

Hinweis
Das Gedicht antwortet damals noch unveröffentlichten Versen der Lasker-Schüler:

Höre

Ich raube in den Nächten
Die Rosen deines Mundes,
Dass keine Weibin Trinken findet.

Die dich umarmt,
Stiehlt mir von meinen Schauern,
Die ich um deine Glieder malte.

Ich bin dein Wegrand.
Die dich streift,
Stürzt ab.

Fühlst du mein Lebtum
Überall
Wie ferner Saum?

33 SCHNELLZUG

Entstehung *Bis September 1913*

Überlieferung
E Söhne S. 14

34 BLUMEN I

Entstehung *Bis Ende Oktober 1913*

Überlieferung
E Blumen I–II. Die Bücherei Maiandros, eine Zeitschrift von 60 zu 60 Tagen. Berlin-Wilmersdorf. Beiblatt zum 1. November 1913 S. 6

Hinweis
Vgl. BLUMEN ⟨II⟩ *SW I S. 51*

ENTSTEHUNG *Bis November 1913*

ÜBERLIEFERUNG
E Finish I–VI. Die neue Kunst. Zweimonatsschrift. München. 1. Jg. Heft 2 vom Dezember 1913 S. 134–139 H Handexemplar von E im Nachlaß GBs mit neuer Fassung von Zeile **25–28** *D¹ FLuD S. 31–34*

LESARTEN
2 so*]* So *E* **3** nicht*]* Nicht *E* entferntesten*]* Entferntesten *E* **4** schlug*]* Schlug *E* **6** schluckweis*]* Schluckweis *E* **7** jedes*]* Jedes *E* **8** dem*]* Dem *E* **10** schlug*]* Schlug *E* **14** daß*]* Daß *E* **16** wenn*]* Wenn *E* **20***]* Und er wühlte sich in seine Streu. *E* **22** und*]* Und *E* **24** warum*]* Warum *E* ausgeräumt*]* aufgeräumt *E* **25–28***]* Ein Sarg kriegt Arbeit u. ein Bett wird leer. / Dann rasch vors Tor: nun sind sie Landverdrecker / Und Brunnengift. Man scharrt sie in die Äcker. / Und wenn es regnet, riecht der Boden sehr. *H* **26** man*]* mans *E* **27** haben*]* Haben *E* **28** und*]* Und *E* **30***]* Aus Schnee. O Saum vom großen Winterland *E* **31** tröstenden Schnees,*]* Tröstenden Schnees: *E* **34** Die*]* Wir *E* **35** dann*]* Dann *E*
E numeriert I–III *wie D¹*, IV *jedoch als* V *und schiebt ein:*

IV
Seit Wochen hielten ihr ihre Kinder,
Wenn sie aus der Schule zurückgekommen waren,
Den Kopf in die Höhe:
Dann ging etwas Luft durch und sie konnte schlafen.

Dabei bückte sich eines einmal unversehens
Und der Kopf fiel ihm aus den Händen.
Schlug um. Hing über die Schultern
Tiefblau.

Auf V Requiem: *folgt in E:*

VI Über die Gräber:
Das schuftete und backte nachts gebrochen
Auf schlechtes Fleisch nach alter Bäckerart.
Schließlich zerbrach das Schwein ihm doch die Knochen,
Das Fett wird ranzig und hat ausgepaart.

Wir aber wehn. Ägäisch sind die Fluten.
O was in Lauben unseres Fleisch's geschah!
Verwirrt in Haar, in Meer, die Brüste bluten
Vor Tanz, vor Sommer, Strand und Ithaka.

Hinweis
VI Über die Gräber: *entnahm GB dem Zyklus* Alaska *(vgl. SW I S. 22)*

37 NACHTCAFÉ

Entstehung *Bis Ende Dezember 1913*

Überlieferung
E Die Aktion. Berlin-Wilmersdorf. 4. Jg. Nr. 1 vom 3. Januar 1914 Sp. 4

38 NACHTCAFÉ II–V

Entstehung *Sommer 1912 bis Ende 1913*

Überlieferung
E II *Neue Gedichte (Café. Kasino. D-Zug). Pan. Wochenschrift. Berlin. 2. Jg. Nr. 38 vom 8. August 1912 S. 1055* E^1 II *Söhne S. 10 f.* *E* III *Die Aktion. Berlin-Wilmersdorf. 3. Jg. Nr. 39 vom 27. September 1913 Sp. 919* *E* IV–V *ebd. 4. Jg. Nr. 5 vom 31. Januar 1914 Sp. 98* D^1 II–V *Fleisch S. 27–31* D^2 II–V *GesSchr*^{1} *S. 12–14* D^3 II–V *GesG 1927 S. 34–38* D^4 II–V *FLuD S. 26–30*

Lesarten
II] CAFE EE^1 NACHTCAFE *Zyklustitel* II D^{124} NACHTCAFE *Zyklustitel* 2. D^3 III] NACHTCAFE *E* NACHTCAFE *Zyklustitel* III D^{124} NACHTCAFE *Zyklustitel* 3. D^3 IV–V] NACHTCAFE I–II *E* NACHTCAFE *Zyklustitel* IV–V D^{124} NACHTCAFE *Zyklustitel 4.–5.* D^3 **1** Universum.] Universum. – EE^1D^{12} **2** Sofa,] Sofa *E* **3** unten] Unten *E* **4** arbeitet] Arbeitet *E* vor.] vor. – EE^1D^{12} **5** Erni] Erni Degele Polisander *E* gesehen] gesehn *E* **6** küssen.] küssen. – EE^1D^{12} **9** und] Und *E* **10** Hosentasche.] Hosentasche, D^3 **11** Vielleicht] vielleicht D^3 Bruch.] Bruch. – EE^1D^{12} **15** mit] Mit *E* Stiefeln.] Stiefeln. – EE^1D^{12} **18** gesehen] gesehn *E* **19** die] Die *E* drehn,] drehn. *E Satzfehler* drehn D^1 **20** ich] Ich *E* auf.] auf. – EE^1 **21** Erni] Erni Degele Polisander *E* gesehen] gesehn EE^1 **24** unerhörte] Unerhörte *E* Melodien.] Melo-

dien. – EE^1D^{12} *danach Leerzeile E* **25**] *danach Leerzeile E* **26** Der] der D^3 Hüfte,] Hüfte EE^1D^1 **27** und] Und *E* **28** gebiert] Gebiert *E* **29** Sauve] sauve D^3 peut.] peut. – EE^1D^{123} **30** hab] hab' *E* **31** blöken] Blöken ED^1 **32** aus] Aus ED^1 **34** wölben] Wölben ED^1 vor.] vor. – ED^{12} **36** an.] an, D^3 **37** Buchtet] buchtet D^3 **39** du] Du *E* vill.«] ville.« – ED^{123} **41** Nimm] nimm D^3 **42** mich.] mich. – ED^{123} **44** und] Und ED^1 hervor;] *Satzfehler* hervor, D^2 **45** liebst] Liebst ED^1 du] Du D^3 Ich] ich D^3 **47** herunter] *Satzfehler* herunten D^{23} **51** ein] Ein ED^1 **52** das] Das ED^1 es] es, ED^{123} **53**] Um dich. *E* Um dich; D^1 **54** ein] Ein ED^1 Mund.] Mund. – ED^{123} **56** von] Von ED^1 Knie.] Knie; D^3 **57** Quer] quer D^3 **60** viele] Viele ED^1 **61** am] Am ED^1 **62** strotzt] Strotzt ED^1 **64** weich] Weich ED^1 angelehnt,] *Satzfehler* angelehnt. D^2 **62** wo] Wo ED^1 befühlt.] befühlt. – ED^{123}

HINWEIS

In Zeile **5** *und* **21** *spielt GB mit dem Namen von Hans Ehrenbaum-Degele (1889–1915), dem ›Tristan‹ der Lasker-Schüler, der 1913/14 ›Die neue Kunst‹ mit herausgab. In Nr. 39 vom 15. August 1912 brachte der ›Pan‹ S. 1094 eine diesbezügliche ›Berichtigung‹: »Benns Gedicht ›Café‹ in Heft 38 ist durch zwei häßliche Druckfehler entstellt, die nur in einem Teil der Auflage berichtigt werden konnten. Statt Erni Degele-Polisander heißt es beide Male nur ›Erni‹«. – Vgl.* Nachtcafé ⟨I⟩ *in SW I S. 19*

MARIE 41

ENTSTEHUNG *27. Juli 1914*

ÜBERLIEFERUNG

H Brief an Alfred Richard Meyer; Bischofsgrün, 27. VII. 14 *Privatbesitz E Der neue Frauenlob. Hrsg. von A. R. Meyer. Berlin-Wilmersdorf 1919 S. 5* D^1 *Jürgen P. Wallmann: Ein Benn-Fund. Neue deutsche Hefte. Berlin. 10. Jg. Heft 98 vom März/April 1964 S. 182–184*

LESARTEN

2] *gestrichen* Du regst mich an. D^1 **3** kann] *Verlesung für* kam D^1

HINWEIS

Das Gedicht ist Bestandteil einer Absage GBs an A. R. Meyer, zu seiner bereits für 1914 geplanten Anthologie einen Beitrag zu leisten: ... eben kommt Ihre Karte. Mein Gott, ich habe nichts: nichts ist mir gleichgültiger als die Weiber, ich kann sie nicht besingen. Ich empfinde so: ⟨*folgt das Gedicht.*⟩ Sie werden zugeben, das sei primitiv. Und im Prinzip bin ich gegen alle Anthologien und Massenaufzüge. Die Morgue bitte lassen Sie ungeschoren. Wenn es sein muß, nehmen Sie die *Drohung* aus den ›Söhnen‹ mit irgendeinem Namen. Ich bin in Eile. Ich muß in den Krieg u. bin nicht ausgerüstet, muß sofort nach München u. dann nach Berlin, wo ich mich stellen muß *(D^1 S.183). Vgl. auch Paul Raabe: Der frühe Benn und die Veröffentlichungen seiner Werke. Anhand einiger verstreuter Briefe des Dichters 1913–1921. Den Traum alleine tragen S. 11–38; hier S.21ff.*

42 PASTORENSOHN

ENTSTEHUNG *Bis März 1917*

ÜBERLIEFERUNG
E GesSchr^1 S.17f.

LESARTEN
PASTORENSOHN*]* ALASKA *Zyklustitel* 6. PASTORENSOHN *E*

HINWEIS
Das autobiographische Gedicht war als Nr. 6 *bereits für den Druck des Zyklus' in* Fleisch *vorgesehen, wurde jedoch im Umbruchstadium entfernt. Die Zählung springt dort von* 5. Vor einem Kornfeld sagte einer... *zu* 7. Räuber-Schiller. *Vgl.* HINWEIS *zu SW I S. 360f. und zur Charakteristik des Vaters den Brief an F.W. Oelze vom 10. Oktober 1939 (Briefe I S.219f.)*

44 DER PSYCHIATER

ENTSTEHUNG *Bis März 1917*

ÜBERLIEFERUNG
E Fleisch S.67 *D^1 GesSchr^1 S.30f.* *D^2 GesG 1927 S.71f.* *D^3 FLuD S.54f.*

LESARTEN
DER PSYCHIATER*]* DER PSYCHIATER *Zyklustitel* 1. DER PSYCHIATER *E* FLEISCH *Zyklustitel* DER PSYCHIATER *D^1* **2** die*]* Die *E* **3** ist*]* mit *D^1* **4** erbrechend*]* Erbrechend *E* ICH*]* *Satzfehler* JCH *E* **5** betiert*]* Betiert *E* Strauß.*]* Strauß. – *ED^{12}* **7**

einen] Einen *E* **8** doch] Doch *E* **9** weht] Weht *E* unbeholfen] unbeholfen, D^{12} **10** Zerfallsgeruch.] Zerfallsgeruch. - ED^{12} **12** und] Und *E* **14** und] Und *E* **15**] Mich überkommt das Asterbeet, ED^{1} **16** und] Und *E* **17** Blatt – –:] Blatt: D^{2} **19**] Vielleicht in meinem Ammonshorn *E* vielleicht D^{1} Ammonshorn;] Ammonshorn, D^{2} **20** vielleicht] Vielleicht *E* **21** mein] Mein *E* himmelblau.] himmelblau. - ED^{12} **22** Schädel.] Schädel, D^{2} **23** Ich] ich D^{2} **24** und] Und *E* **25** süße] Süße *E* **26** schleiern] Schleiern *E* **27** fromm] Fromm *E* **28** den] Den *E*

DAS INSTRUMENT 45

ENTSTEHUNG *Bis März 1917*

ÜBERLIEFERUNG
E Fleisch S. 68 D^{1} *GesSchr*^{1} *S. 31* D^{2} *GesG 1927 S. 70* D^{3} *FLuD S. 56*

LESARTEN
DAS INSTRUMENT] DER PSYCHIATER *Zyklustitel* 2. DAS INSTRUMENT *E* FLEISCH *Zyklustitel* DAS INSTRUMENT D^{1} **1** du] Du *E* **2** breitbäuchig] Breitbäuchig *E* dir] Dir *E* **4** funkelnd] Funkelnd *E* **5** des] Des *E* **9** ans] Ans *E* Samen-Winkelriede! – –] Samen-Winkelriede! D^{2} **10** deiner] Deiner *E* **12** des] Des *E* **13** gesetzlich] Gesetzlich *E* **14** der] Der *E* **15** bieder] Bieder *E*

NOTTURNO 46

ENTSTEHUNG *Bis März 1917*

ÜBERLIEFERUNG
E Fleisch S. 69 f. D^{1} *GesSchr*^{1} *S. 31–33* D^{2} *FLuD S. 57 f.*

LESARTEN
NOTTURNO] DER PSYCHIATER *Zyklustitel* 3. NOTTURNO: *E* **2** die] Die *E* **3** den] Den *E* **4** das] Das *E* **11** Oh!] Oh!: *E* **14** gewölbt] Gewölbt *E* **19** saugt] Saugt *E* *Satzfehler* D^{1} **27** und] Und *E* **28** und] Und *E* **29** und] Und *E* **30** aber] Aber *E* **33** der] Der Brust?] *Satzfehler* Brust.? *E* **35** im] Im *E* Mittagsauge ...? –] Mittagsauge ...?? – *E* **38** des] Des *E* **49** über] Über *E*

48 BALL

ENTSTEHUNG *Bis März 1917*

ÜBERLIEFERUNG
E Fleisch S. 72 *D^1 GesSchr^1 S. 34* *D^2 GesG 1927 S. 65* *D^3 FLuD S. 60*

LESARTEN
BALL*]* DER PSYCHIATER *Zyklustitel* 5. BALL *E* FLEISCH *Zyklustitel* BALL *D^1* **5** selbst*]* Selbst *E* **8** Heerschar*]* Heerschaar *E* **9** schakalt*]* Schakalt *E* **12** verweste*]* Verweste *E* **13** ihr*]* Ihr *E* Geblüte-*]* Geblüte, – *ED^{12}* **14** heringsfängert*]* Heringsfängert *E* **15** die*]* Die *E*

49 DUNKLER SOMMER

ENTSTEHUNG *Bis Juni 1917*

ÜBERLIEFERUNG
E Die weißen Blätter. Leipzig. 4. Jg. Heft 7 vom Juli 1917 S. 81

51 PROLOG 1920

ENTSTEHUNG *Bis Ende 1920*

ÜBERLIEFERUNG
E GesSchr^1 S. 1–3 *D^1 GesG 1927 S. 15–18* *D^2 FLuD S. 35–38*

LESARTEN
PROLOG 1920*]* PROLOG *E* **1** Rosenrot,*]* Rosenrot *E* **6** steht,*]* steht *E* **14** Brutkomplexe,*]* Brutkomplexe *E* **16** lacht,*]* lacht: *D^1* **21** Apokalypsen*]* Apocalypsen *E* **22** Jaktation*]* Jactation *ED^1* **42** Distinktion*]* Distinczion *D^1* brute?*]* Brute –: *D^1* **43** *Wo] wo D^1* **47***] durch drei Sterne abgegrenzt D^1* **48** Düpierte*]* Düpierte, *D^1* **52** -Yohimbin*]* *Satzfehler* -Yohimbim *ED^1* **53–65***] fehlt D^1* **53** marmelnde*]* Marmelnde *E* **60** Puff*] Satzfehler* Buff *E* *Satzfehler* Puff Moscheeform *D^2* **65** Vorortdämonen.*]* Vorortdämonen, *E* **66** Grammophon-*]* Grammophon *E* **69** Farewell*] Satzfehler* Farwell *D^1* **73** schmiers*]* schmier's *ED^1*

Hinweis

Zeile **71–78** *wurde als Zeile* **41–48** *dem Erstdruck des Zyklus'* Innerlich *zugewiesen (vgl. S. 57)*

CAFÉ 54

Entstehung *Bis 1921*

Überlieferung

E Gedichte (Curettage. Café. Der späte Mensch 1–3. Puff. Innerlich 1–6). Der Anbruch. Berlin. 4. Jg. 1921 Nr. 4 S. 3 D¹ GesSchr¹ S. 30

Lesarten

(für George Grosz)*] Satzfehler* (Für George Groß) *E*

Hinweis

Benn dankt mit der Widmung für eine zuerst 1918 einzeln veröffentlichte und später dem Zyklus ›Ecce Homo‹ (Berlin: Malik 1923) eingefügte Lithographie des befreundeten George Grosz: ›Nachtcafé (für Dr. Benn)‹. Das Blatt dürfte von den fünf Nachtcafé-*Gedichten der Sammlung* Fleisch *angeregt worden sein. Vgl. Alexander Dükkers: George Grosz. Das druckgraphische Werk (Frankfurt/Berlin/Wien 1979) S. 145 und 207*

INNERLICH I–VI 55

Entstehung *Bis 1921*

Überlieferung

E Gedichte (Curettage. Café. Der späte Mensch 1–3. Puff. Innerlich 1–6). Der Anbruch. Berlin. 4. Jg. 1921 Nr. 4 S. 3 D¹ GesSchr¹ S. 41–43 D² GesG 1927 S. 85–90 D³ FLuD S. 67–72

Lesarten

INNERLICH I–VI*]* INNERLICH 1–6 *ED¹²* **3** bis*]* Bis *E* überstreift*]* überstreift, *D²* **4** knack*]* Knack *E* knack! *D²* **5** aber*]* Aber *ED¹* **6** schließt*]* Schließt *E* **7** fort*]* Fort *E* **8** frisch*]* Frisch *E* **11** alles*]* Alles *E* flüchtig*] Satzfehler* flüchig *ED²* **16** aus*]* Aus *E* **18** und*]* Und *E* **19** kennt*]* Kennt *E* **20** unter*]* Unter *E* **26** des*]* Des *E* **27** entleide*]* Entleide *E* entwüte –*]* entwüte –, *D²* **28** Treuhandel-Kommission.*] Satzfehler* Treuhandel-Kommission *E* **30** nach*]* Nach *E* **31** schon*]* Schon *E* **32** zersetzten*]* Zersetzten *E* **34** das*]* Das *E* **35** ein*]* Ein *E* Abtrittsmöbel,*]* Abtrittsmöbel: *D*^{2} **36** ein*]* Ein *E* **37** Strafgalionen*]* Strafgallionen *ED*^{12} **38** verlötet*]* Verlötet *E* **40** nun*]* Nun *E* **41–48***]* Prometheus, los, den Wudki an die Schnauze, / Für diese Blase Leber und Ragout –/ Syndetikon! und schmier's dir auf die Plauze / Und dann im Cutaway zum Rendezvous –// Die Zeuse Kitsch, wo du die Fackeln klautest, / Und sonst die Viehheit über Stall und Haus / Wird schrein, als ob du die Pauke hautest: / Herr Branddirektor, Mensch, so siehst du aus! *E* **42** Baal-Bethlehem*]* Baal-Betlehem *D*^{12} **44** Drogenflipp –,*]* Drogenflip – *D*^{3} **45** im*]* Im *E*

HINWEIS

Zeile **41–48** *des Erstdrucks entstammt dem* Prolog 1920 *(Zeile* **71–78***) vgl. S. 53; stattdessen übernahm GB im Druck der GesSchr*^{1} *Zeile* **17–24** *aus dem Zyklus* Der späte Mensch *(vgl. S. 59)*

58 PUFF

ENTSTEHUNG *Bis 1921*

ÜBERLIEFERUNG

E Gedichte (Curettage. Café. Der späte Mensch 1–3. Puff. Innerlich 1–6). Der Anbruch. Berlin. 4. Jg. 1921 Nr. 4 S. 3 *D*^{1} *GesG 1927 S. 66*

LESARTEN

2 dem*]* Dem *E* **3** der*]* Der *E* **4** verstreut*]* Verstreut *E* **5** Sinntendenzen,*]* Sinntendenzen *E* **6** das*]* Das *E* **7** hier*]* Hier *E* **8** und*]* Und *E* Blindekuh.*]* Blindekuh *E* **9** Rosen,*]* Rosen *E* **10** breitbäuchig*]* Breitbäuchig *E* **11** ihr*]* Ihr *E* **12** die*]* Die *E* anal.*]* anal *E* **14** hier*]* Hier *E* **16** kassieren*]* Kassieren *E* ein,*]* ein *E* **17** hier*]* Hier *E* **18** noch*]* Noch *E* **19** der*]* Der *E* **20** am*]* Am *E* Bocksgesträuch,*]* Bocksgesträuch *E* **21** wo*]* Wo *E* **22** kein*]* Kein *E* **23** wo*]* Wo *E* **24** allein*]* Allein *E*

59 DER SPÄTE MENSCH 1–3

ENTSTEHUNG *Bis 1921*

ÜBERLIEFERUNG

E Gedichte (Curettage. Café. Der späte Mensch 1–3. Puff. Innerlich 1–6). Der Anbruch. Berlin. 4 Jg. 1921 Nr. 4 S. 3

HINWEIS
Zeile **1–8** *wurde später als Zeile* **1–8** *dem Zyklus* Das späte Ich *zugewiesen (vgl. SW I S. 48); Zeile* **17–24** *gehört seit dem Druck in den GesSchr*[1] *als Zeile* **41–48** *zum Zyklus* Innerlich *(vgl. S. 57)*

TRIPPER 60

ENTSTEHUNG *Bis Ende 1921*

ÜBERLIEFERUNG *E GesSchr*[1] *S. 10*

PROLOG 61

ENTSTEHUNG *Bis Februar 1922*

ÜBERLIEFERUNG *E Die Aktion. Berlin-Wilmersdorf. 12. Jg. Nr. 9/10 vom 4. März 1922 Sp. 132*

LESARTEN **12** den*] Satzfehler* die *E*

HINWEIS
Einer Polemik gegen die Rechtsunsicherheit im »Goethe-Deutschland 1922« folgt innerhalb der Rubrik ›Kleine Aktion‹ als redaktionelle Einleitung zu den Versen GBs: »Die Tradition seines ›größten Sohnes‹ wahrt das juste milieu sogar in den Zeitungsinseraten:

Preisausschreiben
der
Wilden Bühne
Künstlerische Leitung
Trude Hesterberg
für das
beste deutsche Chanson
Jury: Fritz Engel – Dr. Emil Faktor – Paul Graetz – M. Harden – Trude Hesterberg – Gussy Holl – Siegfried Jacobsohn – Monty Jacobs – Oscar Straus – Dr. Eugen Tannenbaum – Conrad Veidt
Einsendungen in 15 Exemplaren bis 1. März an die Wilde Bühne, Kantstrasse 12.
I Preis 4000 M. II. Preis 3000 M. III. Preis 2000 M.

Damit nun das Völkchen der ›Dichter‹ wisse, welch ›echte, wahre Kulturwerte‹ im deutschen Liede zu feiern sind, schrieb Gottfried Benn für die AKTION *diesen* PROLOG*«*

63 CHANSON

ENTSTEHUNG *Bis Oktober 1922*

ÜBERLIEFERUNG
E GesSchr² S. 46f.

LESARTEN
9 Evangelien*]* *Satzfehler* Euangelien *E*

64 WEISSE WÄNDE

ENTSTEHUNG *Bis Mai 1927*

ÜBERLIEFERUNG
T DLA E Simplicissimus. München. 32. Jg. Nr. 7 vom 16. Mai 1927 S. 84

1 O*]* o *T* **9** Ach*]* ach *T* **11** Kittel*]* Mäntel *T* **12** Schwesterntracht;*]* Schwesterntracht, *T* **17** Auch*]* auch *T* **20** an;*]* an, *T* **21** Fett und Bauch*]* FETT UND Bauch *T* **24** Strand.*]* Strand! *T* **25***]* wo Frau, bescheiden, *T* **28** Jahr – –*]* Jahr; *T* **30** Sternalle,*]* Sternalle *T* **32** Welt –!*]* Welt! *T* **33***]* was Federlesen – *T* **36** vergehn;*]* vergehn, *T* **39** so*]* ach *T*

66 SCHÖPFUNG

ENTSTEHUNG *Bis Dezember 1928*

ÜBERLIEFERUNG
E Die neue Bücherschau. Berlin. 7. Jg. Heft 1 vom Januar 1929 S. 36

HINWEIS
Vgl. das Gedicht Ein Wort *(SW I S. 198)*

SÄT DICH DER TRAUM IN DIE WEITE 67

ENTSTEHUNG *Bis August 1929*

ÜBERLIEFERUNG
E Zwei Gedichte (Du mußt dir Alles geben. Sät dich der Traum in die Weite). Die literarische Welt. Berlin. 5. Jg. Nr. 34 vom 23. August 1929 S. 3 H^1 *Ausschnitt von E mit Korrekturen DLA* H^2 *Neufassung von Zeile* **9–16** *in Arbeitsheft 7a S. 5, Januar/Februar 1939*

LESARTEN
8 ähnelnd*]* ähnlich *E* **32** aber wieder in*]* in einem *E*

Neufassung von Zeile **9–16:**
9 [Selbst] Dinge singen, wie Aschantispeere:
a Auch [Waffen] lehren
10 Ein Eisenstab, ein Ring, das Lied ist da,
11 Der Erdteil sammelt sich, die Wüstenleere
12 vergüldet sich, das schwarze Afrika
13 hat Menschenlaut: »Die Elefantenherden,
a lehrt Menschentum
14 Die Jagden im Kanu –
15 Dunkles Werden:
16 Auch das bist Du!«
Der Mensch das Rätsel mit dem Doppelkerne
Er jagd nach Tigern und nach Orchideen.
a Er kann vom Augenblick nicht leben,
obschon er sich dem Augenblick[e] [ver]dankt…
[Das Ich] was ihm die Ahnen mitgegeben
a Der Mensch u was züge
[das →] Sein Wesen, das bei keiner Rasse schwankt:
nur Waffen singen nicht.
Der Mensch als Asche, wo die Macht ihn deutet *H^2*

PRIMÄRE TAGE 69

ENTSTEHUNG *Bis zum 2. September 1930*

ÜBERLIEFERUNG
H Entwurf für Zeile **1–24** *in Arbeitsheft 1 S. 7a–11, datiert und signiert* 2/9/30 Be *E Der Taugenichts. Blätter eines kleinen Kreises. Hrsg. von Herbert Fritsche. Berlin. Nr. 2 Anfang 1931 S. 10*

Lesarten

Entwurf für Zeile **1–24:**

1 Primäre Tage – Strahl der Sonnenjahre
2 die   auf die erste frühe Erde schien
a   von Atlantis   fiel
Ein weisser dichter Korb
die Borkenmatte
                                     für d⟨as⟩ Rationale
die frühe Schichtung schäumt in Rausch u Tanz

Primäre   Tage:
a Verklärte
b Erlöste
c Gewölbte
d Herbst:
9 Es sind die Tage wo die Ebenen träumen
10 [die Tage,]
a wie hat das Kind die Tage so geliebt,
11 die Tage Ruth, die Ährensammler, säumen
a   leser
12 u suchen,   was die leere Stoppel   giebt.
a   sammeln den Schnittern nach
b   lesen
c   nach letzten Früchten, die die Stoppel
13 ach, es berührt mich was mit vagen Zeichen
a   da
14 ach, es verführt mich mich was mit großem Zwang
a   da
15 schon eine blaue Jalousie kan⟨n⟩ reichen
16 zu Asterhaftem, das aus Gärten drang.
Es lockert sich xx xxx in Weihgesichten
a   die Parzennähe sich, die Sagenheere
Es giebt   ein   Licht, ein braunes, unter Ähren –
a   gemähtes
Wenn ein Verfall in helle Atmosphären
Dem Sein den   u die Trauer nimmt
Wenn das Gefüge sich die alten Schichten
der xxxxxx schliessen kann:
a   baxxx
7 u weite Flächen sind die Alderbeere⟨n⟩
8 aus der die Mensch⟨heit⟩ weich u sterblich rann –
17 vielleicht die Wiederkehr viell⟨eicht⟩ da⟨s⟩ Ende
a vielleicht ein Übergang, vielleicht das Ende
18 vielleich⟨t⟩ die Götter u ⌈vielleicht⌉ das Meer –

19 Ros⟨en⟩ u Taube⟨n⟩   trägt er auf d⟨er⟩ Lende,
a [dies Unsägliche]
20 Sansara, Parze,   u Schattenwiederkehr
a   xxxxx
b aus Unsäglich⟨em⟩ die Wiederkehr
c   u steigt –:   Schattenwiederkehr –
d   streut die Tauben: –
21 die Ernten fielen u   die Ebenen schweigen
a Glühend ein Brunnen u
b Es nimmt die Ernten lässt   die Ebenen schweigen
c   macht
22 in einem Licht das alte Dinge liebt
a wie hat das Kind die T⟨a⟩ge so geliebt

Diese Tage …
Primäre Tage, alte Tage, Reigen
24 u die Dinge nimmt u leise weitergiebt
a das alles
b der alles nimmt u leise weitergiebt
c u wxxxx Menschxxxxx, xxxx xxxx gexxx

1 Primäre Tage,   Herbst auf vielen Sonnen
a vergoldete, verbleichte, ver
b alte vergoldete
c tiefe trunkene
3 wo dieses Licht begonnen
4 [das] rückwärts geht   u alte Dinge liebt
a   [strahlt]   sieht
b   rauscht   fühlt
5 die Völker nahen sich die Parzenheere
6 u stimmen ihre alten Sagen an
7 [Sie halten noch den] Busch der Alderbeere
a es ist das Lied vom
8 aus dem die Menschheit weich u sterblich rann.

1 Primäre Tage, Herbst, auf welchen Sonnen
2 von welchem Meer durchblaut, vom Meer gekühlt,
3 hat dieses tiefe trunkene Licht begonnen
a   unwandelbare
4 das rückwärts reicht u [xxx→] alte Dinge [g→]liebt.
5 die Völker nah⟨en⟩ sich, die Parzenheere
a   Stämme   Völker
b die Fernen

6 u stimmen die alten Sagen an
a frühen
7 es ist das Lied vom Busch der Alderbeere
8 aus dem die Menschheit weich und sterblich rann.

17 vielleicht ein Übergang, vielleicht das Ende
18 vielleicht die Götter u vielleicht das Meer
19 Rosen u Tauben trägt es auf der Lende –:
20 uralter Wandel, Schattenwiederkehr –
21 Primäre Tage, Herbst, die Eben⟨en⟩ schweigen
a Rausch
22 in ein⟨em⟩ Traum, der alte Dinge liebt
a [xxxxxxxxxxxx→] in welchem Licht –!–:
b unter dem Licht –
23 das Ernten fallen lässt u Schatten steigen,
24 [das→] u alles nimmt u leise weit⟨er⟩giebt… *II*

70 OLYMPIA –, STEIGE HERNIEDER…

ENTSTEHUNG *Bis Mai 1934*

ÜBERLIEFERUNG
E Olympische Hymnen (Gottfried Benn:… / Alexander Lernet-Holenia:…). Deutsche Allgemeine Zeitung. Berlin. Nr. 229/230 vom 20. Mai 1934 Beilage ›Pfingsten 1934‹ S. 1

HINWEIS
Die Seite enthält u. a. einen Abschnitt aus Herders Übertragung der 8. Olympischen Ode Pindars, Georges ›Lobrede auf Hölderlin‹ und neben GBs Gedicht Verse von Alexander Lernet-Holenia (»Glorreiche, hohe / Stifterin der Kronen…«). Die redaktionelle Vorbemerkung lautet: »Die XI. Olympiade findet 1936 in Berlin statt. Bekanntlich hat zu diesem Anlaß das Organisationskomitee einen Preis für eine Olympische Hymne ausgesetzt, der von Börries Freiherrn v. Münchhausen verteilt wird. Dieses Festgedicht soll nach altem Brauch mit Orchesterbeteiligung von einem großen Sängerchor vorgetragen werden. Richard Strauss hat die Vertonung übernommen, ohne sich damit zu binden, das preisgekrönte Gedicht zu wählen. Als Auftakt zur Olympiade bringen wir heute zwei Olympiahymnen, die außerhalb des Wettbewerbs entstanden sind, zugleich eine von Herder übersetzte Pindarsche Ode, die wohl als charaktervolles Beispiel der alten olympischen Hymne gelten kann. – Während Pindars Hymnen auf einzelne Sieger gedichtet waren, also auf Personen, so

richten sich die nachfolgenden Gedichte gemäß dem Geist unseres Zeitalters an die Allgemeinheit. Ein tieferer Sinn liegt hier verborgen, denn während bei den griechischen Wettkämpfen vor allem die Sprossen götterentstammter Geschlechter den Kampfplatz betraten, so wird heute eine Auslese der körperlich Besten aus allen Nationen dazu berufen. Die Gedichte von Benn und Lernet-Holenia wählen beide die gehobene Sprache gemäß der großen Überlieferung, nach der die Olympische Hymne kein Sportlied war, sondern eine Kunstform, die sich an die Geistigen der Nation wendete.« Vgl. Börries Freiherr von Münchhausen: Das Weihelied der Elften Olympiade (Leipzig: Privatdruck 1935)

INTERIEUR 71

ENTSTEHUNG *Zwischen 9. und 13. Januar 1936*

ÜBERLIEFERUNG
H am 13. Januar 1936 F. W. Oelze übersandt (Briefe I S. 96f.) DLA
E ZwG S. 19

LESARTEN
INTERIEUR] INTERIEUR: *ohne Untertitel H* **1** Gangesgott] Schöner Gott *H* **2** unter] Unter *H* Pendeluhr –:] Pendeluhr *H* **3** welcher] welch ein *H* **5** Zeiten,] Schreiten *H* **6** Stundensinn] Stunden-sinn *H* **8** Anbeginn!] Anbeginn. *H Satzfehler* Unbeginn! *E* **9–12**] Ein Ziel, ein Zeigen / Wirken um wann u. wen / wo Götter schweigen / und Sonn' u. Mittag stehn, *H* **13** Die] und *H* allen,] allen *H* **14** alles] Alles *H* nah –,] nah – **15** fallen] fallen, *H*

HINWEIS
Seinem Neujahrsgeschenk für GB, einer Buddha-Figur, hatte F. W. Oelze am 7. Januar 1936 hinzugefügt: »Gestatten Sie diesem Eindringling, die vor Ihrer neuen Einsiedlerhöhe liegende Kette zu durchbrechen. Er kommt ohne Geräusch, lächelnd wie es dem Weisen ziemt wenn er zum Weisen geht. Mehr als fünfzehn Jahre wachte dieses undurchdringliche Lächeln über meinem Schreibtisch, – nie veränderte sich sein Antlitz ... Nehmen Sie ihn nun auf – aus dem Bezirk des Vergänglichen in Ihre höheren Reiche. Gönnen Sie ihm, dem schweigenden Hausgenossen, einen Platz in Ihrer Welt. Da möge er noch Jahre und Jahrzehnte stummer Zeuge sein eines Lebens der Erfüllung im Geist.« GB dankte am 9. Januar: Ein wunderbarer Buddha! Ein göttliches Stück. Die Balance der Formen vollendet, man kann auch sagen, die Bilanz der Formen ohne Rest gelöst.

Erzählen Sie mir bitte von ihm. Wo stammt er her? Aus welchem Land, aus welcher Zeit? Von wo haben Sie ihn bekommen? Ich stehe den ganzen Nachmittag still vor ihm, er strömt etwas aus etwas ganz unendliches. *Oelze erläuterte am 12. Januar: »Er stammt aus den ostasiatischen Sammlungen meines Vaters, daraus bekam ich ihn nach meiner Rückkehr aus dem Kriege, 1919, geschenkt. Erworben wurde er im letzten Jahrzehnt vor dem Kriege in China, er ist wohl ein chinesischer Hausgott mit den Zügen des Buddha, eine Arbeit vermutlich des 17. oder frühen 18. Jahrhunderts.« GB – der versehentlich* Haingott *gelesen hatte – übersandte als Dank am 13. Januar sein Gedicht:* Es geht uns allen gleich, eingemauert in die Betriebsbelange und Bezugsverfügungen des Machtsystems. Auch Ihrem *Haingott* ging es so, ich stellte ihn auf ein Bücherregal, über ihm hing ein alter Regulator. (Ich liebe Uhren). Grotesk. Gestern in einer Nachmittagsstunde belebte sich alles u trat hervor, der ganze Widersinn *(Briefe I S. 95ff. und 408f.)*

72 EXPRESSIONIST!

ENTSTEHUNG *Nach dem 18. März 1938*

ÜBERLIEFERUNG
H Entwurf in Arbeitsheft 4 S. 3a, um 1935 E Doppelleben. Zwei Selbstdarstellungen. Wiesbaden: Limes 1950 S. 126

LESARTEN
Entwurf:
Eine Münze wird man mir nicht schlagen
wie man es für Sappho tat –

Alkaios an Sappho:
veilchenlockige, reine, sanftlächelnde Sappho,
möchte Dir etwas sagen, aber mich hindert die Scheu
Quittenzweige *H*

HINWEIS
Zeile 4/5 des Entwurfs ist eine Übersetzung nach Alkaios (vgl. Frgmt. 20 und Frgmt. Z 61 Lobel-Page). – Die Verse beschließen das Kapitel Leier und Schwert*:* Ich hatte seit Mai 1936 nichts mehr veröffentlicht, keine Anfrage von Zeitungen und Zeitschriften anders beantwortet als mit dem Hinweis, daß ich als Wehrmachtsangehöriger jede Publikation eingestellt habe. Ich war bei keiner öffentlichen Veranstaltung erschienen, war in keine Polemik verwickelt, hatte

mich literarisch und politisch völlig ausgelöscht und erhalte nun eines Tages, zwei Jahre nach der letzten Publikation, diesen Ausschlußbrief, der sofort wirksam war und weitere Tätigkeit mit Strafe bedrohte. Hätte ich von meiner Schriftstellerei leben müssen, hätte ich Frau und Kinder gehabt, wären mir nur zwei Dezi Morphium oder Gas übrig geblieben. Ich glaube nicht, daß es auf der ganzen Welt irgendeine Berufsgenossenschaft, Gewerkschaft, Handwerkskammer geben kann, die mit ihren alten, nicht kriminell gewordenen Mitgliedern so verfahren wäre. Die hätten vielleicht geschrieben: Werter Kollege, wir müssen Sie leider aus politischen Gründen aus unseren Reihen ausschließen, kommen Sie bei uns vorbei zur Rücksprache, wir wollen sehen, ob wir Ihnen weiterhelfen können. Wir haben auch erreicht, Ihren Ausschluß soweit hinauszuschieben, bis Sie vielleicht eine neue Stellung und Arbeitsmöglichkeit gefunden haben. So die Handwerkskammer. Nicht so die Kulturkammer – ein eingeschriebener Brief, keine Begründung, dafür ein Minister, ein Präsident oder wenigstens dessen Schreibpapier und gleich Strafandrohung. Sie glaubten eben, sich wirklich alles erlauben zu können …

DU TRÄGST 73

ENTSTEHUNG *Bis zum 21. Dezember 1941*

ÜBERLIEFERUNG
T BiogrG 1941 Bl. 5   E ZwG S. 26

IN EINER STADT 74

ENTSTEHUNG *4./5. Juni 1943*

ÜBERLIEFERUNG
H^1 Entwurf in Arbeitsheft 9 S. 19, datiert 4 VI 43   *H^2 Reinschrift, datiert* 4/5 VI. 43. *ebd. S. 21   E ZwG S. 21*

LESARTEN
Entwurf:

In einer Stadt einst, wo ich unzu Hause,
oft von Terrasse auf ein Wasser sah,
zwei Schwäne [umsäumtes stilles
u Rosen hingen von den Ufern ein an
a blühten so, wie nie geschah –
doch ein zu Hause war auch anders nicht –] *H^1*

IN EINER STADT] *ohne Überschrift* H^2 **1** wo –] wo –, H^2 unzuhause –] unzuhause –, H^2 **2** die] Die H^2 sah'n] sahn H^2 **6** gesandt –,] gesandt, – H^2 **7** leise klingen –] leiser klingen –, H^2

HINWEIS
GB hatte F. W. Oelze am 17. Juli 1935 aus Hannover mitgeteilt: ›An jenem Sonnabend Abend war ich, wie jetzt fast jeden Abend, in der Stadthalle, meiner neuesten Schwärmerei. Links Wein-, r. Bier Terrasse, in der Mitte eine Kapelle, wenig Menschen, vor einem ein bisher völlig unveränderliches Gemälde: ein Bassin mit 2 Schwänen, eingefasst von Alleen u. Blumenbeeten »in die Ferne sich verlierend«, weiträumige Perspective, jeden Abend atme ich auf, wenn ich mich niederlasse. Mit Linie 6, Richtung Kleefeld, zu erreichen, ab Kröpcke *(Briefe I S. 56)*

75 1886

ENTSTEHUNG *Bis Ende 1944*

ÜBERLIEFERUNG
T^1 StatG 1945 Bl. 16–19 DLA *T^2 signiert und datiert* Gottfried Benn. (1944)*; am 28. November 1949 F. W. Oelze gesandt DLA* *E StatG 1946 S. 43–45* *D^1 Doppelleben. Zwei Selbstdarstellungen. Wiesbaden: Limes 1950 S. 183–186*

LESARTEN
1886] 1886 *Untertitel* (mein Geburtsjahr – was schrieben damals die Zeitungen, wie sah es aus?) D^1 **7** Tragödie.] Tragödie: D^1 **18** Mandelai] Mandalay D^1 **19** Irawaday] Irawadi D^1 Welthandel;] Welthandel. D^1 **23** Deutsche] deutsche T^2ED^1 **24** 1500] 15 000 D^1 **34–42**] *fehlt* T^2ED^1 **49** Scheffel's] Scheffels D^1 **50–61**] *Zeile* **91–99** T^2D^1 **51** flügellose] *von F. W. Oelze korrigiert aus* fliegende T^1ED^1 **55**] *danach Zeile* **58** *E* **63** Chrysalide,] Chrysalide: *E* **66–72**] *gestrichen E* **66**] *neue Strophe Satzfehler* D^1 **68** sozialdemokratische] Sozialdemokratische T^2ED^1 **70** freisinnig,] freisinnig. T^2ED^1 **76** Tolstoi's] Tolstois D^1 **77** Blumenthal's] Blumenthals D^1 **78** sicher;] sicher: D^1 **82** Wolke«,] Wolke«. *E* Wolke« – D^1 **83–85**] *gestrichen E* **93** Javarudimente, –] Javarudimente, D^1 **102** Staatsrat] Dirigent T^2ED^1 **103** Emigrant] Bundesbruder D^1 **104** v. W.] von W. ED^1

HINWEIS
Vgl. den Anhang zu Doppelleben *in SW IV*

AN ERNST JÜNGER: 79

ENTSTEHUNG *Zwischen 5. und 11. Dezember 1949*

ÜBERLIEFERUNG
H in Arbeitsheft 19 S. 39 T Brief an F. W. Oelze vom 11. Dezember 1949 (Briefe II/1 S. 273) DLA E Freundschaftliche Begegnungen. Festschrift für Ernst Jünger zum 60. Geburtstag. Hrsg. von Armin Mohler. Frankfurt: Klostermann 1955 S. 171

LESARTEN
AN ERNST JÜNGER:*]* AN E J. *H ohne Überschrift T* **1** Wir*]* »wir *T* von*] Alternativlesart* nach *H* außen*]* Aussen verbunden,*]* verbunden *H* **2** wir sind von innen*]* von innen sind wir *H* innen*]* Innen *T* **5** des*]* dess' *T* nennt.*]* nennt«. *T*

HINWEIS
GB berichtete F. W. Oelze am 6. Dezember 1949: Was erhielt ich gestern? »Heliopolis« mit langer, eigenhändiger Widmung von Herrn Jünger! Merkwürdige Sache *(Briefe II/1 S. 273). Jünger schrieb auf das Vorsatzblatt der im Tübinger Heliopolis-Verlag soeben erschienenen Ausgabe: »Zweite Botschaft an Gottfried Benn. Die erste vor dreissig Jahren hat ihn nicht erreicht. Wenn Sie kein Monument erblicken, so nehmen Sie es als Marmorbruch. Vielleicht sind auch Fossilien darin. Ihr Ernst Jünger 30. 11. 1949« (Im Besitz von Dr. Ilse Benn). Am 11. Dezember heißt es gegenüber Oelze:* Was soll ich dazu sagen, dass Herr J. mir sein Buch sandte! Ich las darin und – denken Sie – es ist nicht uninteressant. Es ist gestelzt, frisiert, altmodisch-archaisch, aber eine gewisse Begabung zur Stilisierung ist ihm nicht abzusprechen. Eigentlich bin ich überrascht. Über das Buch als Ganzes habe ich noch kein Urteil. Einzelheiten sind bestimmt uninteressant. Da eine seiner Figuren über das *Weiss* als Königin der Farben auslässt, sandte ich ihm als Gegengabe den Goetheaufsatz in Bezug auf dessen Weisstheorie, s. S. 30/31. Ich schrieb ihm einen Vers hinein, den ich als ritterlich empfinde im Hinblick auf die Gesamtlage zwischen uns ... Sein Sekretär schrieb mir bei der Übersendung des Buches, J. liesse mir sagen, der Einzige, der ihm einen Brief nicht beantwortet habe, sei ausser mir Spengler gewesen. Herr J. habe mir in den 20er Jahren einen Brief geschrieben, den ich nicht erwidert hätte. Ich kann mich nicht erinnern, aber möglich ist es schon *(ebd. S. 273 f.). Jünger erinnerte sich später, wie sehr er von* Gesänge *und* Trunkene Flut *fasziniert gewesen sei. GB bestimmte das Gedicht für die von Armin Mohler herausgegebenen ›Freundschaftlichen Begegnungen‹ zu Ernst Jüngers 60. Geburts-*

tag. Die Einladung dazu hatte B gegenüber Max Niedermayer am 29. Juli 1954 kommentiert: Mich beschäftigt die Frage, ob ich meine Zusage einhalten soll, für die Jünger-Festschrift nächstes Jahr bei Klostermann einen Beitrag zu schreiben. Ich habe mich in einiges vertieft, aber es ist doch viel gepflegter Schmus dabei, furchtbar altmodisch, u so viele ›Hoch‹ (hohe Einsicht, hohe Erfassung, hohe Gaben, hohe Bilder u sw). Dazwischen aber dann wieder reizende Bemerkungen, Beobachtungen von Finesse – kurz, ich bin noch unschlüssig *(Briefe an einen Verleger. Max Niedermayer zum 60. Geburtstag. Wiesbaden: Limes 1965 S. 119)*

80 DEN JUNGEN LEUTEN

ENTSTEHUNG *Bis zum 29. Dezember 1952*

ÜBERLIEFERUNG
H^1 Erster Entwurf in Arbeitsheft 18 S. 70 *H^2 Entwurf für Zeile* **1–12** *und* **17–20** *ebd. S. 71* *T^1 signiert und datiert* GB 29/12 52 zu Hause *DLA* *T^2 Destillationen Satzvorlage* *F Destillationen Fahnenabzug* *E Destillationen S. 20*

LESARTEN
Erster Entwurf

5 Der dichtet wie vor 100 Jahren
6 vor Heisenberg, vor Quanten
a Planck
b kei⟨n⟩ U.SA
7 was wir erlebt, was wir erfahren
8 »Als ob das alles nicht gewesen wäre«
a Das ist ihm – Hekuba

13 Ich sollte nun ich müsste nun – [ich müsste]
a [nun] [nun] Beileibe
14 [Beileibe nichts] ich müsste nichts, ich bin kein Ort
15 wo Etwas sich erhellt, ich treibe
a an dem sich
16 nur mein⟨en⟩ kleinen Rasensport. *H^1*

Entwurf für Zeile **1–12** *und* **17–20:**

1 »Als ob das Alles nicht gewesen wäre –«
2 Es war auch nicht!
3 Du warst es nicht, der dir gebot: gebäre
a Wer war es denn,

4 u dass Dich etwas in die Ferse sticht?

9 Lang her, aus Dunkel [mit]   Laterne,
a   Fackeln u
10 ging mancher wohl umher u
11 Lang her, doch stehn wir hier   vor einer Ferne,
a   wir blieben hier
12 ganz unentschieden
a   hellt
10 versuchte sich an dieser
a   um eine [klare] Welt
11 versuchte sich - doch [blieb aus→] blieben Nah u Ferne
12 ganz unerhellt.

17 Allons enfants tut weniger wichtig
18 Die Erde war schon vor Euch da
19 [u auch] Das Wasser war schon richtig
20 Hipp hipp hurrah -   *H^2*

DEN JUNGEN LEUTEN*] aus* JUNGEN LEUTEN *T^1*   **1** Alles*]* alles *FE*   **6** USA.*]* U.S.A *T^{12}*   **7** erlitten*] korrigiert in* errungen *T^1*   **10***] aus* versuchten sich an einer klaren Welt, *T^1*   **12** unerhellt!*]* unerhellt, *T^1*   **13** Nun*]* nun *T^1*   **17** enfants,*]* enfants - *T^1*   **20***]* Hipp hipp hurrah! *T^{12}*

SCHUMANN 81

ENTSTEHUNG   *4./5. November 1955*

ÜBERLIEFERUNG
H Entwurf für Zeile **1–16** *in Arbeitsheft 22 S. 28f., datiert* 4/11 5/11, *signiert* für ER.C   *T signiert* Benn *Satzvorlage E DLA*   *E Zwei Gedichte (Schumann. Stille). Freundesgabe für Ernst Robert Curtius zum 14. April 1956. Bern: Francke 1956 S. 31f.*

LESARTEN
Entwurf für Zeile **1–16:**
Schumann
1 Wie bist du darauf gekommen
2 wie kamen die Töne Dir bei
3 [wo ist]   erglommen –
a wo aufgestiegen
b was in Klängen   erglomm‹en›

4 von ›Träumerei‹?
a Opus 15
b Fis- Dur
5 War es die Morgen[zeit]
a stunde
b Frühe die leere
6 in der die Träume vergehn
7 oder war es die Nacht die volle
a schwere
8 in der die Träume geschehn?
9 eine tränen erbebende Stunde
10 oder [xxxx] xxxx des Glückes Dein
a Glück
11 Eine Alles zusammen erlebende
12 muss es gewesen sein
9 [Zogen] Stunden tränenerbebende
a waren
10 oder eine des Glückes [ein]
a solche Dein
11 eine Alles-zusam⟨men⟩-erlebende
12 muss es gewesen sein –
a oder Glück erglühte Dein –
13 noch heute sendet sie Streifen
14 so [silbern], die Stunde, sie,
a für sich
b aus Einst u im⟨mer⟩ u nie
15 wenn wir am Radio greifen
16 [A→]fis Dur – die Rêverie
13 noch heute sendet sie Streifen
14 aus mehr als Melodie
a u Dämmerung
b von Trauer u Licht u
15 wen⟨n⟩ wir ans Radio greifen
16 Fis-Dur – die Rêverie
a dunkle
b so süsse
c dämmernd, die Stunde, sie – *H*

4 F-Dur*/* F Dur *T* **16** F-Dur*/* F Dur *T*

Hinweis

Max Rychner hatte GB am 21. September 1955 um einen Beitrag zur geplanten Festschrift für Ernst Robert Curtius gebeten. Die Typoskripte von Schumann *und* Stille *erhielt er unterm 25. Dezember:*

Sehr schwer, für eine so exklusiven Gelehrten, um den sich majestätische Persönlichkeiten scharen werden, etwas zu leisten. Seine geisteswissenschaftliche Bedeutung kann ich nicht erörtern, soviel auch ich ihr verdanke, da würde ich kläglich dilettantisch dastehn. Aber was tun? An Literatur wird sicher Herr R A. Schröder Bedeutenderes vorbringen können oder die Franzosen oder Eliot. Ich habe nur eine kleine Geige u die ist keine Stradivari. Bitte hören Sie mich an: was ich in Bezug auf eine größere eigene Arbeit vorhabe, ist völlig ungeeignet für diesen Zweck. Also bleibt mir nichts übrig, als 2 lyrische Versuche Ihnen vorzulegen. Aber bitte hören Sie mich nochmals an: ich erwarte nicht, daß Sie geeignet sind. Das eine etwas leicht u verspielt u das andre zu düster für einen Geburtstagsgruß, noch dazu für einen Leidenden oder Kranken. *Ich will* nur vor *Ihnen* nicht *stockig* erscheinen, darum sende ich es. Sie brauchen es nicht zu nehmen, auch nicht zurückschicken, auch nichts darüber an mich zu schreiben. Ich flehe Sie sogar an, es in Ihrem Schreibtisch ruhen zu lassen. (Schweigend!) *(GB/Max Rychner: Briefwechsel 1930–1956. Hrsg. von Gerhard Schuster. Stuttgart: Klett-Cotta 1986. Cotta's Bibliothek der Moderne Bd. 47 S. 46)*

STILLE 82

ENTSTEHUNG *Bis zum 24. Dezember 1955*

ÜBERLIEFERUNG
H¹ Erster Entwurf in Arbeitsheft 22 S. 39, datiert 24/12 *H² Entwurf für Zeile* **1–23**, *signiert und datiert* G.B. 24/12/55 *DLA T signiert* Benn. *Satzvorlage E DLA E Zwei Gedichte (Schumann. Stille). Freundesgabe für Ernst Robert Curtius zum 14. April 1956. Bern: Francke 1956 S. 31f.*

LESARTEN
Erster Entwurf:
Stille
2 [ist | so] belebt von Innen her
3 Gewesenheiten
a Einstiges
b [von Mund zu Mund
c Gespanntes]
12 u Teppichklopfen
10 von fernen Höfen
13 auf denen, frisch gerichteten,

14 [dann] die Schritte vieler gehn,
15 [die]
a [voll] Tanz u Liebe.
b in Glück
16 Stille, Einstiges, u heute:
19 »bleib mir ein bischen treu
a noch an meiner Seite
20 vielleicht nicht mehr lange
dass ich [nicht] kommen kann
a noch
21 zu viel Verfall in mir
22 zu schwer
23 u müde.«
4 ganze frühe Bande
5 zarte tod gelöst *H*[1]

Entwurf für Zeile **1–23:**
Stille
1 Stille,
2 belebt von Innen her,
3 Gewesenheiten,
4 ganz frühe Bande
5 zarte, tod gelöste
6 Gärten voll von
a auch Stunden zwischen
b voll von
c Tage und Küsten voll Jasm⟨in⟩
7 mit Erdbeerschalen zwisch⟨en⟩ ein⟨nem⟩ Par
a schüsseln
b Früchteschalen
8 [wohl] Gläubigkeit, zwei Flammen –
a Fraglose
12 und Teppich-Klopfen,
10 von fernen Höfen her, –
a aus
11 Bereitungen von Fest u. Heimat [feiern]
a fühlen
12 Klopfen von Teppichen
13 auf denen, frisch gerichtet,
a gelegt
14 dann Schritte Vieler gehn
15 in Glück u Liebe.
16 Stille, [das] Einstige[s] und heute
17 u Kommendes für Fremde

18 u dunkle Laute heute
a dann evidente
b u dann ein heutiger ein dunkler Laut
c noch dunkles Wort
d durch das Schweigen
e auch der
f u was von Heute da, [hat] mit dunklem Laut:
g bis Dich ein dunkler Laut
h u in der Mitte muss ein still dunkles [xxx]
i Sein
j [da]zwischen aber liegt ein weicher dunkler Laut:
k steigt
19 »bleib noch an meiner Seite,
20 vielleicht nicht lange mehr,
a [dass ich noch kommen kann]
21 zu viel Verfall in mir,
22 zu schwer
23 und müde‹«›. H^2

4 Bande,*]* Bande *T* **14** vieler*]* Vieler *T*

HINWEIS
Vgl. den HINWEIS *zu* Schumann *S. 254f.*

GEDICHTE AUS DEM NACHLASS

FRÜHE VERSE 85

ENTSTEHUNG *Bis zum 28. März 1901 bzw. Juni 1902*

ÜBERLIEFERUNG
H Privatbesitz

HINWEIS
Beide Konvolute waren Geschenke GBs an seinen Frankfurter Mitschüler Joachim Trowitsch. Der Sammeltitel stammt vom Herausgeber

MEIN LIEBER HERR PRZYGODE... 98

ENTSTEHUNG *Bis zum 23. April 1919*

Überlieferung
T Abschrift von Hermann Kasack; Widmung in einem Exemplar des Bandes Der Vermessungsdirigent. Erkenntnistheoretisches Drama *(Berlin-Wilmersdorf: Verlag der Wochenschrift Die Aktion (Franz Pfemfert). Aktionsbücher der Aeternisten 9), datiert und signiert »23/IV. 19 Berlin. Benn« DLA E GW III S. 392*

Lesarten
MEIN LIEBER HERR PRZYGODE ... *]* WIDMUNG *E*

Hinweis
Wolf Przygode (1895–1926) trug sich gemeinsam mit Hermann Kasack seit 1917 mit Plänen zu einer Zeitschrift und gab 1919/20 unter dem Titel ›Die Dichtung‹ ein Sammelwerk heraus. Die erste Folge, in deren viertem Heft GB mit Querschnitt *vertreten war, erschien Herbst 1919 im eigenen Münchener Roland-Verlag; die zweite Folge, deren zweite (und letzte) Nummer den* Garten von Arles *enthielt, im Herbst 1920 bei Gustav Kiepenheuer. Den Beiträgen der einzelnen Autoren war jeweils eine bibliographische Übersicht ihrer bisherigen Veröffentlichungen beigegeben*

99 MAN DENKT, MAN DICHTET ...

Entstehung *Bis zum 24. Mai 1922*

Überlieferung
Widmung in ein Exemplar der GesSchr[1] *für die Freundin Gertrud Zenzes, datiert und signiert* 24. V. 22. Trudchen, dem klugen, von Benn. *Original nicht ermittelt E ABr S. 20*

Hinweis
Die Verse nehmen Bezug auf ein vorausgegangenes Gespräch über Ernst Kretschmers (1888–1964) Konstitutionstypen in ›Körperbau und Charakter‹ (1921). Zeile **11** Mist die Meschinne *verballhornt einen hebräischen Fluch ›mitá meschunná‹ (ein unnatürlicher Tod).* Zoff *in Zeile* **15** *ist eine bei deutschen Juden üblich gewesene Transkription des hebräischen ›Ssoff‹ (Ende, Schluß). Vgl. Gerschom Schocken: Zu einem kleinen Gedicht von GB. Neue deutsche Hefte, Gütersloh. Jg. 19 Heft 133 (1) 1972 S. 62 f.*

STUNDEN – ANTHROPOPHAGEN: 100

ENTSTEHUNG *Bis zum 6. Januar 1925*

ÜBERLIEFERUNG
H zusammen mit Widmung: *(vgl. SW I S. 118),* Wer bist du – *(SW I S. 104) und* Die Heimat nie – … *(S. 101) am 6. Januar 1925 an Bertha Schiratzki gesandt DLA E PrT S. 12*

LESARTEN
STUNDEN – ANTHROPOPHAGEN:*]* III *H*

DIE HEIMAT NIE – … 101

ENTSTEHUNG *Bis zum 6. Januar 1925*

ÜBERLIEFERUNG
H zusammen mit Widmung: *(vgl. SW I S. 118),* Wer bist du – *(SW I S. 104) und* Stunden – Antropophagen … *(S. 100) am 6. Januar 1925 an Bertha Schiratzki gesandt E PrT S. 13*

LESARTEN
DIE HEIMAT NIE – …*]* IV *H*

WAS SINGST DU DENN – 102

ENTSTEHUNG *1927*

ÜBERLIEFERUNG
T nachträglich überschrieben und datiert 1927 *DLA E PrT S. 211f.*

LESARTEN
11 über*] aus* nicht mehr *T*

HINWEIS
Zu Zeile **5/6** *vgl.* Welle der Nacht *SW I S. 188*

UNTER BAUMGERÜSTE … 104

ENTSTEHUNG *1930*

ÜBERLIEFERUNG
H^1 Arbeitsheft 1 S. 3 H^2 ebd. S. 16 E PrT S. 57

LESARTEN
2 Greis –*]* Greis *H^2* **3** Büste,*]* Büste *H^2* **5** von*] aus* aus *H^1* **7** das auch*] gestrichen* alles *H^1* **9** Stunde,*]* Stunde *H^2* **10** träumt,*]* träumt *H^2* **12** bäumt –*]* bäumt *H^2* **14** aus*] aus* an *H^1*

HINWEIS
In H^2 stehen beide Strophen nebeneinander; eine Umstellung erscheint nicht als ausgeschlossen

105 LEID DER GÖTTER

ENTSTEHUNG *Um 1933*

ÜBERLIEFERUNG
T mit Korrekturen, nachträglich überschrieben DLA E PrT S. 37f.

LESARTEN
2 das*]* Das *T* **13** Sie*] aus* sie *T* **19** und*] aus* doch sie *T*

107 WIDMUNG:

ENTSTEHUNG *Februar bis 13. März 1934*

ÜBERLIEFERUNG
H^1 Entwurf für Zeile **1–28**, *datiert* II.34 *DLA H^2 Reinschrift, signiert und datiert* Für Oskar Loerke mit Dank für Vieles in vielen Jahren: Gottfried Benn. 13.III. 1884–1934. Berlin. Belleallliancestr. 12 *DLA E Akzente. Zeitschrift für Dichtung. München. 4. Jg. Heft 4 vom August 1957 S. 289*

LESARTEN
WIDMUNG:*] ohne Überschrift H^1* **3** Glücke*]* Liebe *H^1* Lebensgrund,*]* Lebensgrund *H^1* **17** ganz versinkst,*]* weiter sinkst *H^1* **18***]* Dann kommt die Wende *H^1* **26** Spötter,*]* Spötter *H^1* **27** Unsterblichkeit:*]* Unsterblichkeit, *H^1* **28** Strophen und*]* Schimmern die *H^1*

HINWEIS
Das Gedicht befindet sich in einer Kassette mit Glückwünschen, die Oskar Loerke zu seinem 50. Geburtstag am 13. März 1934 überreicht

wurde. Zu den übrigen Beiträgen vgl. ›Oskar Loerke 1884–1964. Eine Gedächtnisausstellung zum 80. Geburtstag des Dichters im Schiller-Nationalmuseum Marbach a. N.‹ [Katalog] S. 66

WAS WUNDER, WENN DIE STUNDE GEHT … 109

ENTSTEHUNG *1935/37*

ÜBERLIEFERUNG
H¹ Entwurf für Zeile **1–12** *DLA* *H² Entwurf für Zeile* **1–8** *DLA* *H³ Entwurf für Zeile* **5–8**, *anschließend Reinschrift von Zeile* **1–8**, *auf einem weiteren Blatt Reinschrift von Zeile* **9–16** *mit nicht zugehörigen Prosanotizen DLA*

LESARTEN
Entwurf für Zeile **1–12**:
a Was ist nun trügerisch, ist es die Glut
b Und mxxxx Gaben, der es gab die Glut
c [xxxxxx xxxx Gaben!‹]
d Und alles gab⟨st⟩ Du
e Wie gab dir die Glut.
f Und die Gaben giebt die Glut
6 daraus d⟨as⟩ Hoch v⟨on⟩ Meeren u Azoren
a von Himmeln u Azoren
b Sternen
panische Stunden, Rosenblut
a [Zeiten] bringt u Farbenblut
b Mohnrausch
7 mit e Busch v⟨on⟩ Faltern
a Büsche von Faltern Blau u glanzerkoren.
8 doch alles steht der Mensch u beugt sich grauer
u schweigender
[Die→] In Nächten der Schlaf, [wxxxxx→] lautlose Trauer
Ja Erde war er u was wird er sein?
Wenn man den Mann begräbt
Begräbt er [dies] xxxxxxxx
a eine
er trug die Erde, der er längst entschwebt –
9 u eine fernere Schönheit, [eine Frau] die er frug
a grosse
10 die aus Ägypten kam u das erzählte
a [die er Fxxxxxx u]
11 war eine solche tieferwählte

a [gedachte er noch oft in ihrer Blüte Wollust der Erde]
b war eine so unnennbar auserwählte
12 vom Fleisch geschmückte Taube vor dem Flug.
1 Was Wunder, wenn die Götter weichen,
2 das Überirdische vergeht
3 gebeugt von Glanz gebeugt v⟨on⟩ Zeichen
a geprägt
4 in denen keiner und
a lange steht
In Ländern, wo brechen
u wo die Rose ein Zerbrechen
a Zerfallen
u [sxxxx→] alte Wasser
die alten Tempel göttlich glühn *H^1*

Entwurf für Zeile **1–8:**
1 Was Wunder wenn die Götter weichen
2 Das Überirdische vergeht
3 Gebeugt von Glanz, geprägt von Zeichen,
4 in den⟨en⟩ Niemand lange steht
o xxxxxwo an Quell u Bächen
a Stunde
Die Nymphe [spielt,] die Myrthe blüht
a träumt
u wo die Rose ein Zerbrechen
u alte Tempel göttlich glühn
Plato der Feigenfreund
attischer Müssiggänger
im Schatten der xxxxxxxxx *H^2*

Entwurf für Zeile **5–8:**
5 Ach eine Stunde! strömend war das All
a noch manchmal eine Stunde strömt das All,
6 [nur] ein Hoch aus Inseln u Azoren
a in
7 mit Büschen von Faltern, blau u glanzerkoren,
8 senkt sich der Götter Niederfall
a Sternen
b Huld u Niederfall
c [u] ferner Zonen Bild u Niederfall.
d [senkte] sich
e kann *H^3*

ES IST FÜR NIEMANDEN VERBINDLICH… 110

ENTSTEHUNG *Zwischen 17. und 19. November 1934*

ÜBERLIEFERUNG
H Arbeitsheft 3 S. 56

LESARTEN
4 in*] gestrichen* auf Asche*] Alternativlesart* Flamme **4***] Alternativlesarten* die eigne Macht | das eigne Reich vergeblich sah **8** stummen*] Alternativlesart* dunklen **5–8***] verworfene Strophe:*
5 für den nur, dessen Dinge schweigen
a Kerne
6 auch wenn ein Wort die Lippe giebt
a auch wenn er Kern u Worte giebt
7 in denen sich die Kerne neigen
8 zu einer dunkleren
a Frühe hin

SIE HABEN BLUMEN IM GARTEN… 111

ENTSTEHUNG *Nach dem 5. Mai 1936*

ÜBERLIEFERUNG
H Arbeitsheft 5 S. 17

LESARTEN
4–6*] Alternativlesarten*
ein frischer Rosenstrauss
bringt täglich die Heimat die Liebe,
a Schoss, Jugend
b steht immer in Ihren Schalen
u winters wärmt sie

HINWEIS
Vermutlich als Einschrift in eine der beiden Ausgaben von AG

»DER VORDERGRUND DER KUNST:…« 112

ENTSTEHUNG *Bis zum 29. Mai 1936*

Überlieferung
H am 29. Mai 1936 F.W. Oelze übersandt (Briefe I S.124) DLA E Lyrik und Prosa, Briefe und Dokumente. Eine Auswahl. Hrsg. von Max Niedermayer. Wiesbaden: Limes 1962 S.132

113 GENERAL

Entstehung *Zwischen 28. August und 30. Oktober 1938*

Überlieferung
H[1] *Erster Entwurf in Arbeitsheft 7 S.19* *H*[2] *Entwurf für Zeile* **4–12** *und* **35–37** *ebd. S.18f.* *T signiert* Be., *zusammen mit* So still –, Die Gefährten, Ist das nicht schwerer, Wohin –, Alter Kellner *am 30. Oktober 1938 F. W. Oelze übersandt (Briefe I S. 204) DLA E PrT S. 27f.*

Lesarten
Erster Entwurf:

Leere
6 mechanisierte Heere
7 mot., teil-mot-,

malmend
8 blaue Zone
7 Raupen
1 M‹eine› H‹erren›!
1 Das Wort: Gabriel!
a Stichwort
3 Spannungsstufe 3 *H*[1]

Entwurf für Zeile **4–12** *und* **35–37:**
4 Wo für die ganze Chose
5 hat niemand zu fragen
6 mechanische Heere
7 mot. t-mot, Raupenschlepper
8 rein in die blaue Zone
9 wo die Maschinen schweigen müssen
10 die letzten 400 m für
11 die Infanterie!
12 Vernichtung!
M‹eine› H‹erren›

Beförderungen
36 Nachrufe
Kameradschaftsabende
35 [Halsorden]
35 Beinamen wie ›Löwe von‹
36 Stabreime ›in Front u. Frieden‹
›im Grab wie im Generalstab⟨‹⟩
37 kurz u gut: Lorbeer u. Halsorden *H^2*

13 Wenn*]* wenn *T* **18** d'Opéra*] von F.W.Oelze korrigiert in* de l'Opera *T* **23** versenkten*] Tippfehler* versenktem *T* **27** kehrt*]* Kehrt *T* **28** nie wieder*] aus* bei uns nicht *T*

ALTER KELLNER 115

ENTSTEHUNG *Zwischen 25.August und 30.Oktober 1938*

ÜBERLIEFERUNG
H^1 Entwurf in Arbeitsheft 7 S.12–16, nach dem 28.August 1938 H^2 datiert und signiert 20.IX.38. Be. *DLA T signiert* Be., *zusammen mit* General, So still –, Die Gefährten, Ist das nicht schwerer, Wohin – *am 30.Oktober 1938 F.W.Oelze gesandt (Briefe I S.204) DLA E PrT S.26*

LESARTEN
Entwurf:
berstender
gesprengter Raum
Niedrige, Götter,
Küsse, Tod –
Tränen
Räusche

11 Dies allein: Gerippe
5 Ein anderer konnte er nicht werden
6 Geburt und Schicksal, Trieb u Not
7 verströmte Lust [erloschener] Erden
a uralter
8 erschuf u. mangelte
a er [schuf was er nun als Anblick bot
b den Anblick]
9 Des [Lebens] Sippe
a Fleisches
11 Dies alles stand um sein Gerippe

12 u schuf d [xxxx→] armen alten Mann
a Kellner aus
9 Des Geistes Ahnenschaft
a [Vorderschaft]
gemischt
Verrat der Worte
8 versehrte Vorderen
8 früher Tod
10 Belastungen –
u dann der Strauss
endet blind
Du aber kehrst Dich in die Sphäre
18 Dein der Reiz Verwertungen
u endet blind *H^1*

2 ein*] aus* Der *H^2* Ein *T* sic*] korrigiert in* es *H^2* **4** sein.*]* sein! *H^2* **5** anderer*]* andrer *H^2* **7** uralter*] korrigiert in* verschollner *H^2* **8** Vordern*] aus* Vorderen *H^2* **10** Verrat*] korrigiert in* Verfall *H^2* Arten*] aus* Sterne *H^2* Lauf –*]* Lauf, *H^2* **14** Schuh, –*]* Schuh –; *H^2* **19** werden,*]* werden *H^2* **20** Menschenlos.*]* Menschenlos! *H^2*

116 SO STILL –

ENTSTEHUNG *Bis zum 30. Oktober 1938*

ÜBERLIEFERUNG
T^1 nachträglich überschrieben DLA H signiert Be. *DLA T^2 zusammen mit* Die Gefährten, Ist das nicht schwerer, Wohin –, So still, General, Alter Kellner *am 30. Oktober F. W. Oelze übersandt (Briefe I S. 204) DLA E PrT S. 30*

LESARTEN
SO STILL –*]* DIE GÖTTER *T^1* **1** Vögel, wanderweit,*]* Vögel wanderweit *T^1* **2** in breiten Massen*]* in grossen Massen *T^1* **3** in ihren Ästen*]* auf ihren Zweigen *T^1* in ihren Zweigen *H* **5** nicht!*]* nicht: *T^1* **10** Weiten –:*]* Weiten: *T^1* Weiten – *H*

117 WOHIN –

ENTSTEHUNG *Bis zum 30. Oktober 1938*

ÜBERLIEFERUNG
H Entwurf für Zeile **1–12** *DLA T signiert* Be., *am 30. Oktober 1938*

zusammen mit So still –, Die Gefährten, Ist das nicht schwerer, General, Alter Kellner *F. W. Oelze übersandt (Briefe I S. 204) DLA E PrT S. 25*

LESARTEN
Entwurf für Zeile **1–12:**
1 Wohin kannst Du mich noch führen –
2 [der] längst die Sterne entfacht
a dem
b alles durchwacht
3 u die Stunden atmen u spüren
4 die ganze Tiefe der Nacht?
a [Die Wege]
b Kreise
c Bilder
d erwacht
5 Wohin kannst Du mich noch lösen
6 [da] alles gleitet u rinnt
a dem
7 [u] die Stimmen die guten, die bösen
8 rauschen ihre Schilfe im Wind?
a ihre Schilfe rauschen
9 [von woher] giebst Du noch Kunde
a wovon
b von wem erwählt
10 [von wo] u wie weit her –
a [warum→] wozu
b wohin [u von woher –]
11 [die Stunde,] nur[[noch]] die Stunde [die Stunde]
a [tränkt mich]
b ist noch mein
c lebt noch u
d da die Fäden der Spinne, die Stunde
e denn
12 umfängt mich u nichts mehr.
a umspinnt mich u sonst
b sind um mich, nah
c nur sie, die fallende, zählt.
d noch giebt u fallend zäh⟨lt⟩ *H*

»WENN DIR AM ENDE DER REISE …« 118

ENTSTEHUNG *Bis zum 4. März 1939*

Überlieferung
H Reinschrift von Zeile **1–16**, *datiert* 4/3/39 *in Arbeitsheft 7a S. 21* T^1 *signiert* Be. *DLA* T^2 *signiert und datiert* G.B. 40.*; zusammen mit* Dann gliederten sich die Laute…, Verse, Welle der Nacht, Wer Wiederkehr in Träumen weiß… *am 28. April 1940 F. W. Oelze übersandt (Briefe I S. 229) DLA E PrT S. 35*

Lesarten
WENN DIR AM ENDE DER REISE…] *ohne Überschrift* HT^{12} **1** »Wenn] Wenn HT^1 **4** gefallene sind,] gefallene, sind – *H* **5** Farben] Farbe *H* **6** Reich,] Reich *H* **9** dir] Dir *H* **10** dir] Dir *H* **12** Qual,] Qual – *H* **15**] *korrigiert in* Wäger u viele Gewichte *H* **16** Waage] Wage HT^2 ruht.«] ruht. HT^1

119 »DANN GLIEDERTEN SICH DIE LAUTE…«

Entstehung *Bis zum 6. März 1939*

Überlieferung
H^1 *Entwurf für Zeile* **1–28** *in Arbeitsheft 7a S. 18f., bis zum 4. März 1939* H^2 *Reinschrift von Zeile* **1–32** *ebd. S. 27–29, datiert* 6. III. 39 *T signiert und datiert* G.B. 40.*; zusammen mit* Verse, Welle der Nacht, Wenn dir am Ende der Reise, Wer Wiederkehr in Träumen weiß… *am 28. April 1940 F. W. Oelze übersandt (Briefe I S. 229) DLA E PrT S. 33f.*

Lesarten
Entwurf für Zeile **1–28:**

1 Dann gliederten sich die Laute
2 Erst war nur Chaos u Schrei
3 Fremde Sprachen, von Inseln
a uralte
4 Vergangene Stimmen dabei
5 Der erste sagte: gelitten
6 Der zweite sagte: geweint
7 Der Dritte: [es nützt] kein[e] Bitten,
a Die folgende:
8 nützen, der Gott verneint.
9 Der erste sagte: [getrunken]
a in Räuschen
10 ertrug ich der Jahre Last
aus Kraut, aus Wärme u aus Blättern,
a Wein,

11 Vergessen, vergessen, täuschen
12 Dich u [alles]
a jeden, der Dein
13 Eine alte Stimme: Zeichen
14 Keine Weisung, [keine Blüten u] k⟨ein⟩ Sinn
15 im Wechsel Blüten u Leichen
16 u Geyer drüber hin
in Gier u. Rausch u Trieben
Verleumdungen u Bann –
u ist sich treu geblieben –:
a ist er
24 grosser schweigender Mann –
25 Er prüft nicht und mit Blicken,
26 ob ihm [Traum] erscheint:
a ein Gott
27 er hat es ausgelitten:
28 Er weiss, der Gott verneint. *H^1*

DANN GLIEDERTEN SICH DIE LAUTE*...] ohne Überschrift H^{12}*
1 »Dann*]* Dann *H^2* **2** erst*]* Erst H^2 **3** fremde*]* Fremde H^2 **4** vergangene*]* Vergangene *H^2* **5** eine*]* Eine *H^2* **6** zweite*]* Zweite *H^2* **7** dritte*]* Dritte *H^2* **9** eine gellende*] aus* Eine bebte gellend *H^2* **10** aus*]* Aus *H^2* Wein –:*]* Wein – *H^2* **11** täuschen*]* – täuschen *H^2* **12** dich*]* Dich *H^2* **16** Geier*]* Geyer *H^2* hin.*]* hin *H^2* **18** eine*]* Eine *H^2* **20** Frass.*]* Frass – *H^2* **21** Wende*]* Wende – *H^2* **22** an –,*]* an *H^2* **26** jemals*]* Jemals *H^2* **27** er*]* Er *H^2* **28** er*]* Er *H^2* **29***] Alternativlesart* Er lässt den Menschen, sein Werden *H^2* Menschen*]* Mensch *H^2 korrigiert in* Menschen *T* **31***] Alternativlesart* er löst sich von Gebärden *H^2* **32** Traum.«*]* Traum. *H^2*

DU KANNST DICH NICHT ERLÖSEN... 121

ENTSTEHUNG *Bis zum 26. Juni 1939*

ÜBERLIEFERUNG
H Arbeitsheft 7a S. 45

»WER WIEDERKEHR IN TRÄUMEN WEISS...« 122

ENTSTEHUNG *Bis zum 29. April 1940*

ÜBERLIEFERUNG
T signiert G.B. 40.*; am 28. April 1940 F. W. Oelze übersandt (Briefe I*

S. 229) H neue Fassung von Zeile **5–8**, *am 29. April F. W. Oelze übersandt (ebd.) DLA E PrT S. 36*

LESARTEN
5–8] Die Götter tot? Sie leben her! / Mit ihrem Tier, mit ihren Reben, / in Hainen wandelnd, auf dem Meer, / und nehmen Opfer und vergeben! *T*

123 VALSE D'AUTOMNE

ENTSTEHUNG *September 1940*

ÜBERLIEFERUNG
T signiert G.B. 1940.9, *auf einem Briefbogen des ›Ministere de la Défense Nationale, Bruxelles/Ministerie van Landsverdediging, Brussel‹; darunter der Vermerk:* Auf diesem erbeuteten Papier schreiben wir unsere Entwürfe – in der Bendlerstrasse*; Ende September/Anfang Oktober F. W. Oelze übersandt (Briefe I S. 244 und 440f.) E PrT S. 31f.*

125 NASSE ZÄUNE

ENTSTEHUNG *Bis Ende 1944*

ÜBERLIEFERUNG
T^1 StatG 1945 Bl. 12 T^2 DLA E PrT S. 45

LESARTEN
3 Stakete,] Stakete T^2 **12** Hyazinthe] Hyacinthe T^2

126 CLEMENCEAU

ENTSTEHUNG *Bis Ende 1944*

ÜBERLIEFERUNG
T^1 StatG 1945 Bl. 13f T^2 mit Korrekturen DLA T^3 Durchschlag, signiert Gottfried Benn. *DLA E StatG 1946 S. 24f.*

LESARTEN
3] *gestrichen* sagte der Tiger, T^{12} **23** Päderastie] *Satzfehler* Präderastie *E* **35**] *aus* hatte von der Akropolis Manches mitgebracht;

T^2 dort*]* Dort T^3 gesammelt.*]* gesammelt, T^3 **34–36***] Alternativlesart* Der Kelte war oft in Gri‹echenland› gewesen, / hatte viel mitgebracht, / sein Testa‹ment› schloss: *E*

HINWEIS

Die Zitate entstammen Gesprächsprotokollen von Clemenceaus langjährigem Sekretär Jean Martet – dem M. *von Zeile* **23** *– deren deutsche Übersetzung unter dem Titel ›Clemenceau spricht‹ 1930 im Ernst Rowohlt Verlag Berlin erschienen war. Vgl. Michael Stolleis: ›Clemenceau‹ und ›Chopin‹. Die Quellen zu zwei Gedichten von GB. Germanisch-romanische Monatsschrift. N.F. Bd. 64 1934 Heft 12 S.182–190*

KLEINES SÜSSES GESICHT 128

ENTSTEHUNG *Bis Ende 1944*

ÜBERLIEFERUNG

T StatG 1945 Bl. 20 E StatG 1946 S. 46

LESARTEN

KLEINES SÜSSES GESICHT*]* KLEINES SÜSSES GESICHT – *T*
28 Traubenhyacinthe*]* Traubenhyazinthe *T*

ÜBERBLICKT MAN DIE JAHRE – 129

ENTSTEHUNG *Bis Ende 1944*

ÜBERLIEFERUNG

T StatG 1945 Bl. 21f. E PrT S. 41f.

SIE STANDEN BEI DER »MORGUE« AN MEINER SEITE … 131

ENTSTEHUNG *Februar 1946*

ÜBERLIEFERUNG

H Arbeitsheft 11 S. 19, signiert G.B. *E GB: Texte aus dem Nachlaß (1933–1955). Hrsg. von Harald Steinhagen. Jahrbuch der Deutschen Schiller-Gesellschaft Bd. XIII. Stuttgart 1969 S. 98–114, hier S. 110.*

LESARTEN

4] *aus* Schon nähert sich der Strand, die Dünenweite

HINWEIS

Die Verse sind R.⟨Fr.?⟩ K. *überschrieben*

132 TURIN II

ENTSTEHUNG *1946*

ÜBERLIEFERUNG

T^1 auf einem Blatt mit dem Gedicht Erinnerungen – *(vgl. S.133), nachträglich überschrieben DLA* *T^2 signiert* »G.B.« *DLA* *E PrT S. 54*

LESARTEN

9 Oder*]* oder *T^1* **10** hat*]* falls *T^1* **12** verbleicht?*]* verbleicht –, *T^1*
13 Wo*]* wo *T^1* **15]** *aus* der kann wohl nicht versinken – *T^1*

133 ERINNERUNGEN –

ENTSTEHUNG *Zwischen 1. Oktober 1946 und 28. Februar 1947*

ÜBERLIEFERUNG

H^1 Erster Entwurf in Arbeitsheft 13 S. 36f., zwischen 1. Oktober 1946 und 28. Februar 1947 *H^2 Entwurf für Zeile* **1–12** *ebd. S. 50f.* *H^3 Entwurf für Zeile* **9–12** *und einer Fortführung DLA* *T^{1-5} DLA* *T^6 auf einem Blatt mit dem Gedicht* Turin II *(vgl. S.132) DLA* *E PrT S. 53*

LESARTEN

Erster Entwurf:

Ekstase oder Traum
oder die Serenade
Bleu-mourant
1 Gemisch aus Klängen, die schon oft erklangen
gefärbt aus Farben, die Dir oft [erblüht→] erblaut
a umspielt
zu ein⟨em⟩ Traum, der etwas Letztes [hält→] trägt
5 dort steht ein weisses Schloss u
dort ein Geiger
8 u spielt am Meer in dieser warmen Nacht
a man sieht ihn nicht

5 Ein [Ufer] Schloss [u→] mit weisse⟨n⟩ Marmorsteigen
6 u im Gebüsch ein Lied
7 die Serenade [spielt→] spielen viele Geigen
8 doch hier am Meer in dieser warmen Nacht –
6 u plötzlich eines Liedes Übermacht – *H^1*

Entwurf für Zeile **1–12:**
Erinnerungen…
1 Gemisch aus Klängen, die schon oft erklangen,
2 Ein Strauss von Farben, die Dich oft erregt
a Strahl
3 Sind eine BxxxxUmarmung eingegangen
a Traum
4 zu ein⟨em⟩ Traum, der etwas Letztes trägt.
a Hauch
5 Ein Uferschloss an hellen Marmorsteigen
6 und plötzlich eines Liedes Übermacht –
7 d i e Serenade spielen viele Geigen
8 doch hier am Meer, in dieser [warmen] Nacht –
a stummen
9 Es ist nicht viel, viel trägt nicht mehr das Eine
10 nach 1 Bogen greifen [ist fast schon zu viel]
a dann u wann
11 Ekstase oder Trau⟨m⟩ – [die Serenade]
a u bleibt alleine
11 der xxx xxxxx – die ›bleu mourant‹. *H^2*

Entwurf für Zeile **9–12** *und eine Fortführung:*
9 Es ist nicht viel, viel trägt nicht mehr das Eine –
10 nach e⟨inem⟩ weiss⟨en⟩ Bogen greifen dann u wann
11 Ekstase oder Traum, Du bleibst alleine
12 die letzte Dämmerung, das Bleu mourant –
a Erinnerungen u

Ein Hoch aus Ost, ein Tief von den Azoren
So ringen Tibet und [Ost]afrika
a Süd
Dazwischen lebst Du längst verloren
a seins-
u fühlst die Schauer der Apostata *H^3*

ERINNERUNGEN –*] ohne Überschrift T^{1-3}* ERINNERUNG *T^{45}*
1*]* Gewölk aus Klängen, die schon oft erklangen, *T^{13}* Gemisch *T^2* Gemisch von Klängen, die mir einst erklangen *T^4* Gemisch von

Klängen, die dir einst erklangen, T^5 **2]** ein Wurf von Farben, die dich oft erregt T^{13} Strahl T^2 ein Wurf von Farben, die mich einst bewegt, T^4 ein Spiel mit Farben, die dich einst bewegt T^5 **3]** zu einer Traumumarmung eingegangen T^1 Traum-Umarmung T^{23} **4]** die fliehend eine ferne Stunde trägt: T^{13} Hinfliehendem, das etwas Letztes trägt: T^2 **5** Ein] – Ein T^1 mit] an T^{45} weissen] hellen T^2 **6** Übermacht –,] Übermacht T^1 Übermacht, T^{45} **8** warmen Nacht –.] Ufernacht –. T^1 blauen Nacht – T^{24} dieser Nacht T^3 fremden Nacht T^5 **9** viel, –] viel. T^1 viel –; T^2 viel. T^3 Eine,] Eine. T^1 Eine –, T^{25} **10** Nach] Nach T^{13} wann –] wann –, T^{12} wann, T^{45} **11]** ein Bogen und ein Traum –. Und dann alleine T^{13} ein Bogen und ein Traum und dann alleine T^2 Ekstase oder Traum –, das Bild alleine T^{45} **12]** die letzte Dämmerung, das Bleu-mourant. T^{12} bleibt und die Farben tragen Bleu mourant. T^4 bleibt und die Farben heissen Bleu mourant T^5

HINWEIS

Ein Typoskript des Gedichts zusammen mit Wo du gewohnt, gewacht *(SW I S. 321f.),* Die Himmel wechseln ihre Sterne *(SW I S. 322) und* Es ist ein Garten *(SW I S. 322f.) sandte GB am 17. Februar 1949 an F. W. Oelze unter der Überschrift* Vier Privatgedichte *und mit dem Vermerk* für das Oelze-GB-Archiv, und damit enden die blauen Bogen, die mich, glaube ich, sieben Jahre begleitet haben *(Briefe II/1 S. 326)*

134 DU LIEGST UND SCHWEIGST …

ENTSTEHUNG *Februar 1947*

ÜBERLIEFERUNG

T signiert und datiert G.B.Febr. 47. *DLA* *E PrT S. 46*

135 WERCKSHAGEN –: EIN BRUDER, ZWEI SCHWESTERN –…

ENTSTEHUNG *Bis zum 26. November 1947*

ÜBERLIEFERUNG

H Einschrift in das Stammbuch Traute Werckshagens, datiert und signiert 1918 – 26. XI. 47 Gottfried Benn. *Faksimile in: Vergilbte Blätter. Briefe, Bücher, Bildnisse. Aus der Schublade geholt von Carl Werckshagen. Privatdruck. Bad Pyrmont: Verlag Rommerskirchen 1983 S. 3*

Hinweis
Carl Werckshagen (geb. 1903) und seine Schwestern Traute (1894–1980) und Hilde (1895–1975) gehörten zum Berliner Freundeskreis GBs. Seine Briefe an Carl Werckshagen im Limes-Lesebuch 2. Folge Wiesbaden 1958 S. 1–20

»IM TIERKREIS DES STEINBOCK GEBOREN…« 136

Entstehung *Bis zum 7. Januar 1948*

Überlieferung
H Geburtstagsgedicht für F.W. Oelze, am 7.1.1948 übersandt
E Briefe II/1 S. 108

FÜR BERLIN 137

Entstehung *1948*

Überlieferung
T DLA

BERLIN 138

Entstehung *1948*

Überlieferung
T^1 nachträglich überschrieben DLA *T^2 datiert* (1948) *DLA* *T^3 Fragmente 1950 DLA* *E Gedichte aus dem Nachlaß (Berlin. Hör zu. Erst-dann). Merkur. Stuttgart. 14. Jg. Heft 5 (147) vom Mai 1960 S. 401*

Lesarten
BERLIN*]* BERLIN (1948) *T^3* **6** sind,*]* sind – *T^{13}* **7** vertreiben:*]* vertreiben, *T^1* **8** dieser*]* Dieser *T^1* **9** Wüstensand,*]* Wüstensand *T^1*

ACH, WIE MEIN HERZ… 139

Entstehung *Zwischen 4. und 9. April 1949*

Überlieferung
H datiert 8. IV. 49 *Briefentwurf an F.W. Oelze DLA* *T^1 datiert* 8. IV. 49 *Briefentwurf an F.W. Oelze DLA* *T^2 datiert* 8. IV. 49 *Brief-*

entwurf an F.W.Oelze DLA T^3 *datiert* 9.IV.49. *Briefentwurf an F.W.Oelze DLA* T^4 *datiert* 9.IV.49 *F.W.Oelze gesandt (Briefe II/1 S.204) DLA E GW III S.466*

LESARTEN

3 treiben*]* treiben, *H* **4***] aus* Kastanienansatz, Crocusflut *H* **5** warmen*]* sanften HT^{12} stehn, –*]* stehn, HT^1 **8** niedergehn.*]* niedergehn, *H* **9***]* der Hauch, der jetzt dem Park gehört, HT^1 **10***]* die übers Meer gekommenen Quitten – *H* Quitten – –, T^{12} **11***]* wir haben hier soviel gelitten, HT^1 wir hier, wir haben so gelitten, T^2 er geht mit abgewogenen Schritten T^3 **12***]* dass uns [die Blüte] der Crocus neu zerstört. *H Alternativlesart* dass selbst das Schöne uns zerstört T^1 dass selbst der Crocus uns|sie zerstört T^2 so gartensanft, so unzerstört T^3

HINWEIS

F.W.Oelze hatte seinen Brief vom 3.April 1949 mit zwei Zitaten begonnen:

»...›Sogar der Regen geht leiser
über der Steine ruhig dunkelndem Glanz.
Alle Geräusche ducken sich ganz
in die glänzenden Knospen der Reiser.‹
(R.)
oder:
›An diesem Frühlingsmorgen,
so trüb verhängt und warm...‹
(C.)

(Auch Citate sind der Natur überlegen). Tausend Dank, verehrter Meister, für Ihren Brief vom 30.März, den ich bei offener Terrassentür beantworte, durch die der Blick auf die dicken klebrigen Kastanienknospen fällt. Und Westwind, der den sanften Regen bringt, beladen mit dem Duft von Aeckern und flandrischen Todesreminiscencen! –« (DLA)

140 MON CHER CAPRICORN!

ENTSTEHUNG *Bis zum 28.Dezember 1949*

ÜBERLIEFERUNG

H auf der Rückseite einer Glückwunschkarte zum Jahreswechsel für F.W.Oelze, datiert und signiert 28 XII 49 GB *DLA E Briefe II/1 S.281*

Hinweis

Durch zwei Löcher in der Karte war vermutlich ein Streifen »Silvester-Glücksblei in Ihrem Sternzeichen« gesteckt; die Vorderseite mit der Aufschrift »Viel Glück Steinbock 23. Dez. – 20. Jan.« enthält neben einer Illustration des Sternzeichens auch die Eigenschaften des innerhalb dieses Zeitraums Geborenen: »Seriös, Tief, Gründlich, Häuslich, Ordentlich, Wirtschaftlich, Sentimental, Phantasievoll, Hilfsbereit, Sympathisch, betontes Eigenleben, Freiheitsliebend, Wissensdurstig. Steine: Rubin, Hyazinth. Farbe: Dunkelblau, Braun, Grau, Schwarz«

KELCHE 141

Entstehung *4. April 1950*

Überlieferung

H datiert und signiert 4/4 Be. *DLA* *T DLA* *E GW III S. 470*

Lesarten

12 in*]* *aus* aus *T*

WAS MEINTE LUTHER MIT DEM APFELBAUM? 142

Entstehung *26. Mai 1950*

Überlieferung

H Widmung Thilo Koch, *datiert und signiert* 26 V 50/Be *DLA* *E ABr S. 19f.*

Hinweis

GB bezieht sich auf einen Rundfunkvortrag Thilo Kochs, in dem dieser Martin Luthers – apokryphes – Wort erwähnt hatte: »Wenn ich wüßte, daß morgen die Welt untergeht, würde ich heute noch ein Apfelbäumchen pflanzen«. Vgl. Kurt Ihlenfeld: »– wirklich ein sehr großer Mann.« Zu einem Luthergedicht von GB. Kurt Ihlenfeld: Angst vor Luther? Witten und Berlin 1967 S. 314–325

WIE IST DAS NUR – … 143

Entstehung *Bis zum 9. Juni 1950*

ÜBERLIEFERUNG
H datiert und signiert 9 VI 50 Gottfried Benn. *Widmung* Oberneuland – Berlin. Frau Charlotte Oelze. *DLA* *E Briefe II/2 S. 38 f.*

144 RADAR

ENTSTEHUNG *Bis Juni 1950*

ÜBERLIEFERUNG
T^1 signiert G.B. *DLA* *T^2 Fragmente 1950* *E GW III S. 447*

LESARTEN
12 fällt!*]* fällt. *T^1*

145 KÜNSTLERMORAL:

ENTSTEHUNG *Juni 1950*

ÜBERLIEFERUNG
T^1 datiert und signiert 12 VI 50. G.B. *DLA* *T^2 signiert* GB *DLA* *E GW III S. 449*

LESARTEN
KÜNSTLERMORAL:*] ohne Überschrift T^1* *aus* KÜNSTLER *T^2* **1** Nur in*]* In *T^1* **3***]* doch menschlich muss sich verschweigen *Alternativlesart* das Men⟨schliche⟩ muss beschweigen *T^1* Menschliches*] Alternativlesarten* Inneres | Wesen | Sterbliches *T^2* **7***] aus* du darfst keinen beschweren *T^1* **8***] aus* mit dem, was dir innen geschieht *T^1* **11** du*]* und *T^1*

146 AUF –!

ENTSTEHUNG *Bis Ende Juni 1950*

ÜBERLIEFERUNG
T^1 DLA *T^2 Fragmente 1950* *E GW III S. 450*

LESARTEN
AUF –!*]* AUF IHN! *aus* RACHE *T^1* **1** drüben*]* Unruh *T^1* **4** Rundgesang.*]* Rundgesang! *T^1* **7** es*]* das *T^1* **8** Rind.*]* Rind – *T^1* **9** Sechs*]* 6 *T^1* **10** Vertiko –:*]* Vertiko *T^1* **13***] Widmung* (Gewissen Kritikern…!) *T^2*

WIE SEHN DIE BUCHEN IM SEPTEMBER AUS… 147

ENTSTEHUNG *Zwischen 9. März und 15. Juli 1950*

ÜBERLIEFERUNG
H Arbeitsheft 15 S. 12 f.

LESARTEN
Das Gedicht steht auf S. 13; auf der gegenüberliegenden S. 12 notierte GB später in Höhe der Zeilen **13–14**: u nun doch ein Glücksfall / mühsam erarbeiteter Auslandspass.
24 hohes*]* *aus* kurzes *H*

HINWEIS
Vgl. das Gedicht Wirklichkeit *SW I S. 267*

DIVERGENZEN 148

ENTSTEHUNG *Bis zum 13. Juli 1950*

ÜBERLIEFERUNG
H Arbeitsheft 15 S. 66

HERR WEHNER 149

ENTSTEHUNG *Um 1950*

ÜBERLIEFERUNG
H signiert GB *DLA* *T signiert* GB *DLA* *E GW III S. 471 f.*

LESARTEN
1 Dies*]* dies *T* **2** dieser Herr Wehner *Einschub* – gewaltig, reisst mich empor – *H* **4** verschied*]* *aus* starb *H* **5** jüngsten*]* *aus* klein⟨en⟩ *H* **7** Stammte*]* *aus* Er stammte *H* Lissa*]* Lissa, *H* **15** abends*]* abends, *H* **17** mussten*]* mussten, *H* **18–19***]* *aus* aber es war wohl nichts ʻRechtes *H* **24** keiner der*]* kaum einer seiner *H* *aus* keiner seiner *T* Gemeindemitglieder*]* Gemeindeglieder *T* **28** Aspekten*]* Aspecten *H*

150 KLEINER KULTURSPIEGEL

ENTSTEHUNG *1951*

ÜBERLIEFERUNG
T mit Ergänzungen DLA E GW III S. 473 f.

LESARTEN
8 1779*] aus* 1798 *T* **21** Und sprechen*] aus* Und dann sprechen *T* **23***]* abends Okeanos, das Unbegrenzte, [damit ihn heilig schauert] *T* **24** es sich gut ein*] aus* er ruhig ein *T* **27–30***] durch Einweisungsstrich Zeile* **35–38** **33** der triploide*] aus* ein anderer *T* **34***] Einschub* xxxxxx xxxxxxx xxxxxxxx **37** dann*] aus* nun *T*

HINWEIS
Am 3. Februar 1951 dankte GB F. W. Oelze für die Übersendung des Privatdrucks eines ›Prologs zu einer Privat-Aufführung der Oper Echo und Narziss von Christ. Ritter von Gluck gesprochen im Bremer Stadttheater am 16. November 1913‹ von Rudolf Alexander Schröder: … gefiel mir sehr, war sprachlich hübsch. Seine Nationalhymne weniger – der nächste Schritt wäre dann ein Kaninchenfell als Reichsflagge *(Briefe II/2 S. 85). Diese Wendung, bezogen auf die bis Mai 1951 öffentlich diskutierte ›Hymne an Deutschland‹ in der Vertonung von Hermann Reutter anstelle des alten ›Deutschlandlieds‹, ging in Zeile* **35–38** *ein.*

152 VON BREMENS SCHWESTERSTADT …

ENTSTEHUNG *Bis zum 22. Februar 1951*

ÜBERLIEFERUNG
H datiert und signiert 22 II 51 Be, *an F. W. Oelze gesandt DLA E Briefe II/2 S. 88*

153 WAS MAN NENNT: GEDANKENGÄNGE …

ENTSTEHUNG *Zwischen 5. Januar und 19. März 1951*

ÜBERLIEFERUNG
H Arbeitsheft 16 S. 61

LESARTEN
5*] Alternativlesart* Die Laute werden es tragen **7** u*] aus* so **10** bewegen*] gestrichen* erregen **17***] gestrichen* u allgemeinen Sinn

EIN STILLER TAG 154

ENTSTEHUNG *Frühjahr 1951*

ÜBERLIEFERUNG
T nachträglich überschrieben, signiert GB. *DLA   E GW III S. 466*

VON TROPEN, WÜSTEN UND ANDEN ... 155

ENTSTEHUNG *19. März 1951*

ÜBERLIEFERUNG
T Abschrift mit getipptem Vermerk »Benn 19. März 1951«   E Zürich zum Beispiel. Signatur einer Stadt in lyrischen Texten von heute. St. Gallen 1959 S. 65

LESARTEN
VON TROPEN, WÜSTEN UND ANDEN ...*]* FÜR ERHARD HÜRSCH *E*

HINWEIS
Der Schweizer Journalist Erhard Hürsch (geb. 1920) hatte GB zuerst Ostern 1946 besucht und die Verbindung zum Zürcher Arche-Verlag hergestellt.

LASSE DICH GERNE VERKOMMEN ... 156

ENTSTEHUNG *20. März 1951*

ÜBERLIEFERUNG
H Arbeitsheft 16 S. 65, datiert 20 III 51

LESARTEN
1 gerne*] gestrichen* auch   **2***] Alternativlesart* in Bars, in Bädern, Spelunken,   **4** von Fluten,*] gestrichen* durch Wasser,   **7** wächst*] Alternativlesart* lebst   **9** u*] gestrichen* doch   dies*] gestrichen* es|alles   **11** wissen*]* wiss‹en›   **12***] Alternativlesart* Die Nacht, die Ferne|das Schweigen, [das→] u Sein

WER AM LEBEN BLEIBT ... 157

ENTSTEHUNG *Zwischen 20. März und 6. August 1951*

Überlieferung
H Arbeitsheft 16 S. 68

Lesarten
4 das Beste*] aus* am Besten 7 wird*] gestrichen* innerlich 8 auch so*] gestrichen* nur dieser

158 THILO (SO GOLDGEZÄHNT...)

Entstehung *April 1951*

Überlieferung
H datiert und signiert (Tagesdatum durch Lochung ausgestanzt) IV 1951. G. Benn. *DLA*

Hinweis
Vermutlich einem Exemplar der 1951 im Limes-Verlag erschienen Anthologie ›Geliebte Verse. Die schönsten deutschen Gedichte aus der ersten Jahrhunderthälfte‹ beigelegt. Vgl. Thilo Koch: Gottfried Benn. Ein biographischer Essay mit neuen Texten, Briefen und einem Nachwort 1970. München: Deutscher Taschenbuch Verlag 1970; Band 707

159 DAS HAUS IN BREMEN...

Entstehung *Zwischen 1. und 12. September 1951*

Überlieferung
H Widmung Dem Ehepaar Oelze in aufrichtiger Dankbarkeit 1-3 IX 51, Oberneuland Gottfried Benn; *Einschrift in ein Exemplar der* Fragmente*; am 12. September F. W. Oelze gesandt DLA E Briefe II/2 S. 323*

160 WENN SIE ZWISCHEN PUNSCH UND PFEFFERKUCHEN...

Entstehung *Bis zum 23. Dezember 1951*

Überlieferung
H auf dem ersten Blatt eines Typoskripts der Stimme hinter dem Vorhang, *datiert und signiert* Weihnachten 1951. Gottfried Benn*; am 23.12.1951 F. W. Oelze gesandt E Briefe II/2 S. 124*

ZEH WAR APOTHEKER … 161

ENTSTEHUNG *19. April 1952*

ÜBERLIEFERUNG
H datiert 19/4 *DLA*

LESARTEN
3 Es waren friedliche Zeiten*]* *Alternativlesart* Eure friedlichen Zeiten **7** aus den Fächern*]* *gestrichen* hervor, **11** Zeh*]* *aus* Er *Am Ende des Blatts die nicht zugehörige Notiz:*

Du hast eine eigene Seele
a für
es ist ein grauer Reigen
der zwingt Dich in sein Joch
z B die Neige
Kannst Du das noch? *(vgl. S. 199)*

RADIO I–II 162

ENTSTEHUNG *Anfang November 1952 bis Januar 1953*

ÜBERLIEFERUNG
H vorläufige Reinschrift von Zeile **1–23**, *datiert* 4/11 *DLA* *F Destillationen Fahnenabzug* *E PrT S. 48f.*

LESARTEN
1 »– die*]* »Die *H* solche –«*]* solche« *H* **2** derartiges*]* *aus* sowas *H* **5** Ich*]* ich *H* **6** Gittern*]* Gitter *H* **7** alles,*]* alles *HF* **8** Surrogate*]* *Alternativlesart* Fertigware *H* angewiesen:*]* angewiesen, *H* **10***]* wie kann das mir sowas bieten? *H* **12***]* ob das Ersatz für Levkoien ist, *H* **13** Seitensprünge,*]* Seitensprünge *H* **14** bißchen*]* bischen *H* **15** zusammengehören!*]* zusammengehören. *H* **16** Denkprozesse*]* *aus* Denkapparate *H* mich,*]* mich *H* **17** aber*]* Aber *H* **18** (Mittel-, Kurz-, Lang- und Ultrawelle)*]* Mittel Kurz- Lang u Ultrawelle *H* **19** (»erst sagt man nein, dann vielleicht, dann ja«),*]* »erst sagt man nein, dann vielleicht, dann ja« *H* **20***]* *aus* immer diese [kathegorischen] Sentenzen *H* **22** das Abendland sein*]* *aus* die Menschheit ihr *H* nennt –*]* nennt, *H* **23** ich*]* Ich *H* Seitensprünge!*]* Seitensprünge. *H* **39***] fehlt F* **42** Brahmaputra*]* Bramahputra *F* **43** diese*]* die *F*

HINWEIS
Der Text wurde von GB im Fahnenabzug des Bandes Destillationen *wieder gestrichen*

ENTSTEHUNG *Bis zum 17. Januar 1953*

ÜBERLIEFERUNG
H Entwurf für Zeile **1–23** *in Arbeitsheft 18 S. 78f. T nachträglich überschrieben, signiert und datiert* GB. 17 I 53 *DLA F Destillationen Fahnenabzug E PrT S. 47*

LESARTEN
Entwurf für Zeile **1–23:**

[Der Gedanke]
1 Der Gedanke –
2 $1\frac{1}{2}$ meter reicht er
3 eine Handvoll Daten erschleicht er
a Löffel Erbsensuppe
4 doch sonst.
5 z B Schafzucht, ein Erdteil lebt davon
7 dann kommen die Ersatzstoffe
8 u die Mufflons sind unverkäuflich
a k.o
9 die asozialen Erfinder, –
11 Fehltritt der Natur
10 die [xxxxxxxxx xxxxxxxxxxx]!
a besessenen Laboratoriumschefs
b Retorten
12 oder die Wissenschaft
13 so eingleisig
14 ganz aus angelsächsischem Material
18 ›Sie kann man nicht ernst nehmen‹ –
19 Gottseibeiuns, [das ist] wunderbar! –
a wahr
15 oder die Essaywelt,
16 einer webt den andern ein
17 unter Aufsicht der Gewerkschaft
20 [Aber] Kunst ist die Wirklichkeit d‹er› Gött‹er›
21 vielleicht aus trüben Quellen
22 oder auch ein Nachspiel
a doch [wo sie]da ist –
b wenn halb
23 Jedenfalls eine Erinnerung ist das
a an Jene *H*

3 eine Dose*] aus* ein par | eine Handvoll *T* **5** Zum*]* zum *T* **9***] aus*

Diese asozialen Erfinder, *T* **12** Oder*]* oder *T* **15** Oder*]* oder *T* **18** nehmen –«*]* nehmen« *T* **19** Gottseibeiuns*]* gottseibeiuns *T* **23** jene,*]* Jene – *T*

HINWEIS
Der Text wurde von GB im Fahnenabzug des Bandes Destillationen *wieder gestrichen*

AUFATMEN 165

ENTSTEHUNG *Bis zum 25. Februar 1953*

ÜBERLIEFERUNG
T nachträglich überschrieben und signiert GB.*; datiert von fremder Hand »25. II. 53« DLA E GW III 457 f.*

LESARTEN
13 Abbauprodukte,*] aus* Abbauprodukten *T*

ORDNUNG 166

ENTSTEHUNG *Bis zum 24. April 1953*

ÜBERLIEFERUNG
H Entwurf in Arbeitsheft 18 S. 95, datiert 24/4 53 *E PrT S. 77*

LESARTEN
3*] aus* wer könnte das vernichten *H* **9** Weiten*] aus* Höh‹en› *H* **11** fieberndе*] aus* goldene *H* **13** Es*] aus* Das *H* **14***] am Rand als Reimwort notiert* wohl gemeint *H* **15** Dass*] aus* Wo *H* **16***] Alternativlesart* wo letztes Glück sich eint *H*

SCHÖNER ABEND 167

ENTSTEHUNG *Bis zum 12. Juni 1954*

ÜBERLIEFERUNG
T signiert und datiert G.B. 12. VI 54 *E GW III S. 460*

LESARTEN
6 das*] gestrichen* ein *T* **9***] aus* und so auch mir, den immer graute *T*

168 ›ÉVÉNEMENT NÉGRE‹

ENTSTEHUNG *21. April 1954*

ÜBERLIEFERUNG
H Arbeitsheft 19 S. 19, datiert 21/4

LESARTEN
5 zwar*] gestrichen* wohl **6***] Alternativlesart* doch nicht als Tiefe u Tausch **9** Doch*] gestrichen* Nur einige*] gestrichen* einige *aus* eine Träne **12***] Alternativlesart* u Du hinab *Fortsetzungentwurf(?)* Darum muss ich die Liebe lieben *Zeile ausgespart* Und Kopenhagen war schwer

169 MELODIE

ENTSTEHUNG *Bis zum 2. November 1954*

ÜBERLIEFERUNG
H^1 *Entwurf DLA* H^2 *Entwurf für Zeile* **1–13** *auf der Rückseite von* H^1 *DLA* H^3 *Reinschrift von Zeile* **1–13**, *datiert und signiert* 2 11 GB *DLA* *T DLA*

LESARTEN
Entwurf:
Soviele Meere schlagen an das Schilf
a Wellen
an weissen Sand an und mit breiten Wellen Käm⟨m⟩en
u schl
1 Ich sterbe an diesem Sommer
2 Verlauf wolkenvoller *durch Einweisungsstrich umgestellt*
3 nur wenige Tage glomm er
4 etwas glühender auf
Der Luftdruck immer nur tiefer
kein Hoch u kein Land. Es war *durch Einweisungsstrich*
nur immer unproduktiver *umgestellt*
a destruktiver
graues, ach graues – so!?
Finale
vielleicht ich lebte, am Ende
a Millibar
der Sommer starb dieser da allein ihr
umfasst er es

chi lo sa
Frau Oelze war alleine
a Ein Himmel mit Bläue u Reine
u Lächeln.
Millibar.
a Finale
Ein sonnenloser, ein leerer –
Chi lo sa *H^1*

Entwurf für Zeile **1–13**:
[[Melodie]]
Lied
1 Ich sterbe an diesem Sommer
2 sein wolkenvoller Verlauf
3 nur wenige Tage glomm er
4 etwas glühender auf.
5 Mei⟨n⟩ Herz [war] so zerschlagen
a [ist]
b schlägt
6 dass es am Ende war,
7 [wen⟨n⟩] die Radios [immer] sagen
a hört es
8 das Spiel von Millibar.
9 Nun sind die Raben in [Zügen]
a Scharen
10 – mit Odin floge⟨n⟩ sie hell –
11 dunkel n⟨ach⟩ Norden gebogen
12 Far well [der letzte Sommer] *durch Einweisungsstrich*
a fliegt heim – far well *umgestellt*
b [Boten zu toten Göttern –]
c mit den
a [mit] schwarzen Schwüngen
b Die
a Schwarze Flüge
b unzählbare Wogen
c undeutbare
a Du weisst wo hin – *H^2*

10 hell, –*]* hell, ⟨–⟩ **13***] aus* [Du weisst wohin] – far well. | noch nie geseh'ne *Alternativlesart* Fliegt heim, verglommen, far well | Nun fliegen sie heim – | »Fliegt heim, ihr Raben« – *H^3 aus* fliegt heim – verglommen – fare well.

170 ERST – DANN

ENTSTEHUNG *1954/55*

ÜBERLIEFERUNG
T^1 ohne Überschrift DLA *T^2 DLA* *E Gedichte aus dem Nachlaß (Berlin. Hör zu. Erst – Dann). Merkur. Stuttgart. 14. Jg. Heft 5 (147) vom Mai 1960 S. 402*

LESARTEN
ERST – DANN*] ohne Überschrift T^1* **1–4***] als zweite Strophe umgestellt T^1* **3***]* und dann die Blösse *T^1* **9** Und am*]* am *T^1*

HINWEIS
Die Schlußverse tauchen bereits in einem Brief an F. W. Oelze vom 10. Januar 1950 auf; daß das Gedicht bereits damals abgeschlossen war, ist nicht belegt: Wie ist bei Ihnen das Geschäftsleben? Hier entwickeln sich Zustände, die man für unhaltbar halten würde, wenn man das nicht schon zu oft innerhalb der letzten Jahre getan hätte. Der Magistrat ist pleite, die Krankenkassen sind pleite, die Geschäfte sind es ebenso, kein Mensch hat auch nur 1 Mark in der Tasche. Wo bleibt das Geld? Keiner zahlt mehr Miete, Gas, Strom alles bleibt unbezahlt, man liest immer von den 95 oder 45 Millionen, die aus Westdeutschland oder der E.R.P.hilfe hierher kommen, aber keiner sieht sie – entweder fliesst alles nach dem Osten ab oder die oberen Bonzen stecken alles in die Tasche – eine unbegreifliche Lage. Und England und China und Formosa – verstehn Sie noch, was eigentlich gespielt wird? Wird Kapitalismus gespielt oder Kommunismus oder ist beides dasselbe?

– »vergessen will ich rot und blassen Traum« –
»und am Schluss des Wahnes
(– man sagt es nicht gern –):
Domini canes:
Hunde des Herrn.« *(Briefe II/2 S. 80)*

171 HÖR ZU:

ENTSTEHUNG *1954/55*

ÜBERLIEFERUNG
T signiert GB. *DLA* *E Gedichte aus dem Nachlaß (Berlin. Hör zu. Erst – Dann). Merkur. Stuttgart. 14. Jg. Heft 5 (147) vom Mai 1960 S. 402*

LESARTEN

9 Mehr*]* mehr *T*   **11** dich*] aus* es *T*   **13** Mehr*]* mehr *T*

EIN SEE 172

ENTSTEHUNG *5. bis 8. März 1955*

ÜBERLIEFERUNG

H^1 Entwurf für Zeile **1–12** *in Arbeitsheft 20 S. 1, datiert* 5/6 III 55
H^2 Entwurf für Zeile **1–12**, *signiert und datiert* GB. 6/3; *weitergeführt mit Entwurf für Zeile* **13–16**, *datiert* 8/3 *DLA*   *T DLA*
E GW III S. 469

LESARTEN

Entwurf für Zeile **1–12**:

Ein See
1 Immer füllst Du Dich neu
2 See, [wo]   Trauerweiden
a   den der
3 Schilf u Rohre umkleiden –
4 eben [wurdest] Du flach
a   noch warst
b   ruhtest   schmal:
5 Ufer, – Kiesel [weisser] Sand
a   im
6 Ein⟨em⟩ feuchten, tropfenden [Sand] weissen
a   Steinen hellen
7 doch schon beginnst Du zu [steigen]
a   schwellen
8 weil die Flüsse [so schwer] im Land
a   wenden zu Dir den Lauf
10 Land, dem
a [schon] tragen Dir die Wasser [zu] Fluten
b   heran herbei
Trauer u
a Trauer u [Scheiden]
b   Ende
10 Fülle Dich, hebe Dich, ein tränendes Tränen [das Wasser]
11 Verlassener u Verlasser
12 die niemand stillen kann
a   trösten
b u die Weiden
c u Du flutest die Weide[n] [xx→] zu
d   Ufer

12 u [heben] die Ufer auf
a trinken
b Tränen das Wasser H^1

Entwurf für Zeile **1–16**:
Ein See
1 Immer füllst Du Dich nach,
a neu
2 See, den die Trauerweiden,
3 Schilf u. Rohre umkleiden,
4 eben noch schmal u flach:
a [ruhend]
b [ruhte so]
c eben den Ufern treu –:
5 Ufern – Kiesel im Sand,
6 Einem [hellen], glänzenden, hellen,
a feuchten ruhenden
7 doch schon beginnst Du zu schwellen,
8 [weil] die Flüsse im Land
a denn
9 wenden zu Dir den Lauf,
10 Füllen Dich, – Tränen das Wasser
a bitter
11 Verlassener u Verlasser,
12 trinken die Ufer auf.
13 Wasser das zögernd spricht,
a fragt
14 dunkles, derer u dessen,
15 Sein [Lied] heisst: »willst Du vergessen?«
a Wort
16 »Nein, ich will ich nicht«.
a das es H^2

173 EIN KLEINER BAND …

ENTSTEHUNG *8. Juni 1955*

ÜBERLIEFERUNG
H Widmung in einem Exemplar des Bandes Reden *(München: Albert Langen/Georg Müller 1955)* Frau Elly Rychner zur Erinnerung an den Besuch ihres verehrten Gatten in der Bozenerstr. 20 am 8. VI. 55 mit ergebenstem Gruss. *E GB/Max Rychner: Briefwechsel 1930–1956. Hrsg. von Gerhard Schuster. Stuttgart: Klett-Cotta 1986. Cotta's Bibliothek der Moderne Bd. 47 S. 30*

WAS DU U ICH GETRIEBEN… 174

ENTSTEHUNG *Zwischen 12. Februar und 17. April 1956*

ÜBERLIEFERUNG
H Arbeitsheft 22 S. 52f.

LESARTEN
3 vergessen*]* *Alternativlesart* geblieben **6***]* *Alternativlesart* Du weiter sonst kniest

POETISCHE FRAGMENTE 1930–1955

1930/33 177

SCHILFMATTEN ZWISCHEN PFOSTEN…
ÜBERLIEFERUNG *Arbeitsheft 1 S. 1*
LESARTEN **2** mit*]* *Alternativlesart* u Schlamm*]* Schlamm (verputzt) *Alternativlesart* Ziegel

EIN DUFT VON APFELSINEN…
ÜBERLIEFERUNG *Ebd. S. 5*

ALL DAS DUNKLE U DAS TRÄNENSÜSSE…
ÜBERLIEFERUNG *Ebd. S. 5*
LESARTEN Dunkle*]* *aus* Süsse

DIE ROSEN LIEGEN IM SCHATTEN…
ÜBERLIEFERUNG *Ebd. S. 5*

WO TAGE SIND…
ÜBERLIEFERUNG *Ebd. S. 5*

NUR DER TOD…
ÜBERLIEFERUNG *Ebd. S. 5*

NIMMT MAN DIE REISEBÜCHER IN DIE HÄNDE… 178
ÜBERLIEFERUNG *Ebd. S. 7*
LESARTEN **1** die Reisebücher*]* *aus* den Bädernachweis **2** der Bäderwelt*]* [aus→] der [Bäderxxx→] Bäderwelt **5** Golf*]* *aus* Sporte **6** Frauenleidenorte*]* [xxxxxxorte→] Frauenleidenorte

VON BLUT U LEICHEN NASS…
Überlieferung *Ebd. S. 7*

DER TEPPICH DER SASSANIDEN…
Überlieferung *Ebd. S. 7*

KAUM SCHON AN WÄSSERN…
Überlieferung *Ebd. S. 7a*

179 DAS ZARTE, INNIGE, WEICHE…
Überlieferung *Ebd. S.12*

DER DU…
Überlieferung *Ebd. S.13*
Lesarten **4–5**] *Alternativlesart* der alle Stiere trug u hundert Schlangen / das Hirn zum Bisse hielt **6** hingeschlagen] *Alternativlesart* hingehalten

DER TIEFE BLUMENGERUCH DES GLÜCKS…
Überlieferung *Ebd. S.14*

180 PARIAS, TSCHANDALEN…
Überlieferung *Ebd. S.14*

ES LIEGEN DIE NEKROPOLEN…
Überlieferung *Ebd. S.15*

AUCH DU BIST MAHADEWA…
Überlieferung *Ebd. S.15*

EINMAL DER WIDDER…
Überlieferung *Ebd. S.16*
Lesarten Dolde] *aus* Halde

ALLE LÄNDER SIND TRÄUME
Überlieferung *Ebd. S.17*

181 WASSER KALTE MAREN…
Überlieferung *Ebd. S.17*

NEU…
Überlieferung *Ebd. S.17*

MICH INTERESSIERT DAS INTERESSANTE NICHT…
Überlieferung *Ebd. S.17*

ICH SEHE DEIN GESICHT
Überlieferung *Ebd. S.17*

ALLEINE…
Überlieferung *Ebd. S.18*
Lesarten befahl*]* *aus* es befahl

UM WAS DÄMMERT ES SO?
Überlieferung *Ebd. S.18f.*

WAR NEU DENN DEINE… 182
Überlieferung *Ebd. S.19*
Lesarten **3** denn*]* d⟨enn⟩ **5***]* *gestrichen* Stücke für viele

U. EINER FRAU MIT SANFTEN BEINEN…
Überlieferung *Ebd. S.22*

ES IST EIN GARTEN DA VOR ALLEN…
Überlieferung *Ebd. S.23*

UND NICHTS MEHR…
Überlieferung *Ebd. S.24*

ES IST NICHTS MEHR ZU FINDEN… 183
Überlieferung *Ebd. S.24*

U ALLES SO SINNLOS…
Überlieferung *Ebd. S.25*

ACH ES IST JA KEINE DICHTUNG…
Überlieferung *Ebd. S.16*
Lesarten **2** in*]* *aus* bis zu

ES GIEBT NICHTS ALS DIE STUNDE…
Überlieferung *Ebd. S.27*

WER HAT MICH ZU GRUNDE GERICHTET… 184
Überlieferung *Ebd. S.28*

EDEL SEI DER MENSCH…
Überlieferung *Ebd. S.29*
Lesarten **1** Edel*]* *aus* Hilfreich **3***]* *aus* solang es sein Interesse erlaubt **5** der*]* d⟨er⟩

185 DAS GEREDE VOM ABSCHAUM…
Überlieferung *Ebd. S. 29f.*

»DA VERGEHT DIE JUGEND DRÜBER« –
Überlieferung *Ebd. S. 32*

GIEB SCHNEE UMS HAUS…
Überlieferung *Ebd. S. 32*
Lesarten Gefilde*] aus* Gebilde

DEIN KIND IN WEITER FERNE…
Überlieferung *Ebd. S. 32*

DEIN HAUPT IN MASKEN…
Überlieferung *Ebd. S. 33*
Lesarten 3 halten*] Alternativlesart* stossen

186 MAN ERFÄHRT ZU SPÄT…
Überlieferung *Ebd. S. 35*
Lesarten 11 die*] aus* alle Schauer*] Alternativlesart* Schwerter

187 1933

RUNDBOGEN BLICKEN ZUR ERDE…
Überlieferung *Ebd. S. 37*

NOCH BEI LEBZEITEN:
Überlieferung *Ebd. S. 47, 49*
Lesarten 2 Räuche*] Alternativlesart* Rauche

EINE ÄGYPTERIN GING DURCH DAS ALLES…
Überlieferung *Ebd. S. 52*
Lesarten 6 nennen*] Alternativlesart* rufen

188 DU WEISST…
Überlieferung *Ebd. S. 55*

FRAGEN SIE MICH NICHT…
Überlieferung *Ebd. S. 66*

U KEINE WAR DEN ARMEN…
Überlieferung *Ebd. S. 66*
Lesarten 7*] Alternativlesarten* die Trauer aller Boote|⟨der⟩ Trauer Zug der Boote

SCHAFFEN SIE AUS ERGEBUNG…
Überlieferung *Ebd. S. 68*

WIR SIND KEINE SACHEN…
Überlieferung *Ebd. S. 69*
Lesarten 7–8*] aus* Geist steht u Bilder|Bilder grosser Völker kein –

»– AUCH NICHT DER KLEINSTE KREIS… 189
Überlieferung
Einzelblatt DLA. Ob es sich lediglich um ein Exzerpt handelt, ist nicht mit Sicherheit zu bestimmen. Vgl. das Gedicht Spät V *SW I S. 313. Die Schriftzüge lassen eine Datierung um 1930/33 als wahrscheinlich gelten.*

IN KLEINEN LIEDERN…
Überlieferung *Arbeitsheft 2 S. 1, datiert* 19 XII 33
Lesarten 3 weite*] aus* alte

1934 190

WENN DIE GEZEICHNETEN SPRÄCHEN…
Überlieferung *Arbeitsheft 3 S. 7*

DOCH WAS MAN TRÄUMT…
Überlieferung *Ebd. S. 40*

DENN VOR JEDER SELBSTZERSTÖRUNG…
Überlieferung *Ebd. S. 45*

»WAS DU DIR MERKST…«
Überlieferung *Ebd. S. 62*

EIN WENIG RAUCH…
Überlieferung *Ebd. S. 62*

DU WIRST NICHT WISSEN… 191
Überlieferung *Ebd. S. 79*

1943 192

SO SAHST DU ÜBER DIE ERDE…
Überlieferung *Arbeitsheft 9 S. 2, zwischen 12. und 16. Mai*
Lesarten 7*] Alternativlesart* ⟨und⟩ Meerfliegen der Termiten

DUNKLE MÄNNER, DUMPFE MÜSSER…
Überlieferung *Ebd. S. 5, zwischen 16. und 22. Mai*
Lesarten
Entwurf:
Jähe Männer, dumpfe Müsser
a Dunkle
[warfen→] schlagen sie in Dann u Wann
Sommervögel, Blumenküsser
Falter tragen sie [davon]
a schwirren hinan
b schweben
c stäuben

Welt der Welten, [Kern→] Korn der Seele
a Keim Dinge Hauch
Ewig Schuld u [ewig] Fehle
a Du in
[xxxx→] wenn das Einzelich
a Ewig Du im Gral des Ich
Ewig [xx→] Du im Opferrauch

DU FÄHRST AUF GROSSEN ROUTEN…
Überlieferung *Ebd. S. 8, nach dem 22. Mai*
Lesarten
Entwurf:
Entnimm [dich] durch Reisegedanken
a routen
[der eigenen] Existenz
a Dich Deiner

193 **1946**

IN WELCHE FORMEN WIRST DU MICH VERWANDELN…
Überlieferung *Arbeitsheft 11 S. 15*

KUNST IST DIE WIRKLICHKEIT DER GÖTTER…
Überlieferung *Ebd. S. 15*

WENN DIE MATERIE IN SICH SELBST VERBRENNT…
Überlieferung *Ebd. S. 23, Anfang März*
Lesarten **3** aus*] aus* auf **4***] aus* der neue Stoff zur Flamme flammt

HORTENSIE…
Überlieferung *Arbeitsheft 12 S.1*

KEIN LIEBESSTRAHL…
Überlieferung *Arbeitsheft 12 S.9, Anfang August*
Lesarten **1]** *aus* Kein Liebesstrahl, kein Schimmern **2** Schweigen] *gestrichen* Stille

1947 195

DARFST DU DICH NOCH ENTFALTEN…
Überlieferung *Arbeitsheft 13 S.23*
Lesarten **8** etwa] *gestrichen* wenn

SCHWEIGENDES NICHTS…
Überlieferung *Ebd. S.24*

1949 196

DU IM WANDEL…
Überlieferung *Arbeitsheft 14a S.49*
Lesarten **2]** *aus* weich wohl, doch nicht im warmen | reichlich ruhn **4** kalten] *aus* weissen

1951 197

AUCH DIE EIGENEN DINGE…
Überlieferung *Arbeitsheft ohne Nr. S.10*

OB ES SCHÖN ODER NICHT SCHÖN IST…
Überlieferung *Arbeitsheft 17 S.63*
Lesarten **4]** *Alternativlesart* für mich unter zeigen –

EIN GELÄUT IN EINER STADT…
Überlieferung *Arbeitsheft ohne Nr. S.113f.*
Lesarten **2]** *aus* [wo friert] Ein Geläut | Feier | archaisches Gelage der | ⟨das⟩ fast erschrickt **4]** *aus* Alter Strom, in | Ach ein Strom in | ach den Gott | [Spiegel] | Strom, in Gold u Purpur **14** doch ich bin] *Alternativlesart* aber doch kein Sinn **15]** *Alternativlesarten* Heut auch neues nicht | Heut auch was sich nähert, nur die Stunde

198 1952

– EIN KURZES SCHLITTENGLÜCK…
ÜBERLIEFERUNG *Ebd. S. 67*

DIESE ERDBEWOHNER…
ÜBERLIEFERUNG *Ebd. S. 68*

ACH WIE DUMPF IST DIE ERDE…
ÜBERLIEFERUNG *Ebd. S. 69*

JA WEISSE BLÜTEN SAH ICH OFT…
ÜBERLIEFERUNG *Ebd. S. 69*
LESARTEN **3** Odyssee*]* Odysse‹e› **4** welches*] gestrichen* das

TRÖSTE DICH:
ÜBERLIEFERUNG *Ebd. S. 69*
LESARTEN **2** Verfehlungen*] gestrichen* Missgriffen **4***] aus* erhabener Gewalten

199 ES IST EIN GRAUER REIGEN…
ENTSTEHUNG *Um den 19. April 1952*
ÜBERLIEFERUNG *H Entwurf am Schluß des Gedichts* Zeh war Apotheker… *(vgl. S. 161).*

LESARTEN *Entwurf:*

Du hast eine eigene Seele
a für
es ist ein grauer Reigen
der zwingt Dich in sein Joch
z B die Neige
Kannst Du das noch?

ES WIRD SO SEIN…
ÜBERLIEFERUNG *Arbeitsheft 18 S. 29, datiert* 20/9
LESARTEN **4** das grosse*] aus* ein grosses

WO SOLLST DU GLAUBEN?
ÜBERLIEFERUNG *Arbeitsheft 18 S. 41*

WER KANN U WILL U DARF DAS DUNKEL DEUTEN…
ÜBERLIEFERUNG *Ebd. S. 41*
LESARTEN **2** trüb*] Alternativlesart* stumm

DU WILLST NOCH ZIEL…
Überlieferung *Ebd. S. 50*

EIN VOLK, DAS UNTERGEHT…
Überlieferung *Ebd. S. 69*

LASSE DICH GERN VERFÜHREN… 200
Überlieferung *Ebd. S. 82*

DIE WELT IST KEIN ERWEITERTER UTERUS…
Überlieferung *Ebd. S. 89*

SICH SELBST ALS STAUB VON DEN STIEFELN SCHÜTTELN…
Überlieferung *Ebd. S. 91*

WENN MEIN NAME ALS TOT GEMELDET WIRD…
Überlieferung *Ebd. S. 91*
Lesarten 6–7 eher aufhorchen wenn*] gestrichen* aufmerksamer die Lektüre in sich aufnehmen, dass

DU MUSSTEST MANCHES VERBRECHEN… 201
Überlieferung *Ebd. S. 94*
Lesarten 1 manches*] gestrichen* viele 2 u Irren*] gestrichen* u Hochmut 4*] Alternativlesart* Vielleicht ist es doch zu verstehn:

ES BLÄTTERT VON DEN GROSSEN WORTEN AB…
Überlieferung *Ebd. S. 94*
Lesarten 2 die Dein Ich Dir gab*] Alternativlesart* die man selbst sich gab

U DANN IST ES VORBEI…
Überlieferung *Ebd. S. 97*

1953 202

EIN TAG OHNE TRÄNEN…
Überlieferung *Arbeitsheft 18a S. 17*

DEM ZUR EHRE…
Überlieferung *Ebd. S. 71, datiert* 14/5

NUN GEHT DER KÖRPER LOS…
Überlieferung *Ebd. S. 71*

EIN DUNKLER TAG…
Überlieferung *Ebd. S. 71*

ALS MAN NOCH SCHLECHTE KRAGENKNÖPFE HATTE…
Überlieferung *Ebd. S. 75*

203 1954

ES WAREN GRAUE HÄUSER…
Überlieferung *Arbeitsheft 19 S. 11*
Lesarten **6** gehn*] gestrichen* sehn **8***] aus* Balkons u Borden | Mit Mauern Strassen

WO WUCHERST DU EIGENTLICH HIN…
Überlieferung *Ebd. S. 15*

204 1955

30 x UNTER QUALEN DIE ZÄHNE BLOMBIEREN LASSEN…
Überlieferung *Arbeitsheft 20 S. 13*

ODER DIE 3 TAKTE VON TSCHAIKOWSKY…
Überlieferung *Ebd. S. 19*

WAS BIST DU?
Überlieferung *Arbeitsheft 21 S. 8*

JUNG, ICH ALS HIRT GEGANGEN…
Überlieferung *Ebd. S. 8 datiert* 20/5

205 ER SITZT AN SEINEM SCHREIBTISCH MIT NOTIZEN…
Überlieferung *Ebd. S. 15*
Lesarten **4***] Alternativlesart* von Reimen, schwirrt von Ort zu Ort **5** die Kobra*] aus* das Thema

ICH BIN NICHT INNERLICH…
Überlieferung *Arbeitsheft 22 S. 5, datiert* 5/9
Lesarten **7** ein Glück*] Alternativlesart* was **9** noch*] aus* doch **10***] Alternativlesarten* man xxx | braucht | bietet | hält mit Optik feil

ICH BIN NICHTS OFFIZIELLES…
Überlieferung *Ebd. S. 5*

LIEBE ALTE DEUTSCHE SEELE…
Überlieferung *H DLA*
Lesarten **3***] Alternativlesart* fehlt Dir was?

VERZEICHNIS DER GEDICHTÜBERSCHRIFTEN UND -ANFÄNGE

INHALT

ZU LEBZEITEN VERÖFFENTLICHTE GEDICHTE, DIE NICHT IN DIE SAMMLUNG VON 1956 AUFGENOMMEN WURDEN

GEDICHTE AUS DEM NACHLASS

POETISCHE FRAGMENTE
1930–1955

ANHANG

Verlagsgemeinschaft Ernst Klett Verlag –
J. G. Cotta'sche Buchhandlung

Printed in Germany
Umschlaggestaltung: Heinz Edelmann
Satz: Steffen Hahn, Kornwestheim
Druck: Gutmann, Heilbronn
Einband: G. Lachenmaier, Reutlingen

CIP-Kurztitelaufnahme der Deutschen Bibliothek
Benn, Gottfried:
Sämtliche Werke / Gottfried Benn. –
Stuttgarter Ausg. / in Verbindung mit
Ilse Benn hrsg. von Gerhard Schuster. –
Stuttgart: Klett-Cotta
NE: Schuster, Gerhard [Hrsg.];
Benn, Gottfried: [Sammlung]
Bd. 2. Gedichte. –
2. [Zu Lebzeiten veröffentlichte Gedichte,
die nicht in die Sammlung von 1956
aufgenommen wurden;
Gedichte aus dem Nachlaß;
Poetische Fragmente 1901–1956]. –
1986.
ISBN 3-608-95314-0